極悪非道な性癖貴族が努力したら誠実ハーレムつくれました

木嶋隆太

角川スニーカー文庫

24437

Illustration：ふつー
Design Works：AFTERGLOW

極悪非道な性癖貴族が努力したら
誠実ハーレムつくれました
木嶋隆太
イラスト ふつー

CONTENTS

プロローグ

「こ、これでも……喰らってください！」

「はう！」

オレの頭に、メイドの振りぬいた鞭が振り下ろされた。

これまで何度も体験してきた鞭の痛み――しかし、その日はいつもとは違った。

脳内に、突如として溢れ出した記憶。


――自分が悪役貴族、レイス・ヴァリドーに転生してしまったという現実を、理解した。


「れ、レイス様……？　だ、大丈夫でしょうか……？」

鞭を構えていたメイドが、突然固まってしまった俺を驚いたように見てくる。

不安そうに鞭を持ったままのメイド。それに、返事をする余裕はない。

……なんて、最悪のタイミングなんだ。

レイス・ヴァリドーは、とあるゲームに出てくる悪役貴族だ。趣味の一つにＳＭプレイがあり、メイドに無理やり鞭を持たせて叩かせていたのだ。

……まさか、そんなプレイの衝撃で前世の記憶を取り戻すなんて。

穴があったら入りたいくらいの羞恥を感じたが、俺はあくまで冷静に口を開いた。

「だ、大丈夫だ……今日は、もうこれで終わりでいい」

「……そ、そうなんですか？　い、いや……違いますか……」

「ん？」

何に気づきました、みたいな顔をしているんだこのメイドは。

「こ、これもプレイの一環……という事ですか⁉」

「い、いや違う！」

「……れ、レイス様、あなたにやめるという選択肢があると、思っているんですか？」

「違う違う違う！　ガチの終わりの奴だから！　今日はやる事を思い出したんだ……っ！

さっさと去らないか！　殺すぞ！」

レイスくんとしての口調を真似するように叫ぶと、メイドは俺の本気に気づいたようで慌てた様子で逃げ去っていった。

あのメイドには悪い事をしてしまったが、ひとまずこれでいいか。

それから、俺は改めて自分の記憶を確認していく。

俺には日本で過ごした前世があり、そして今はなぜか『ホーリーオーブファンタジー』というゲームに登場する悪役貴族レイス・ヴァリドーに転生した。

なんでこんな事になってんだ……。

プレイルームとして使っていた地下室から、自分の部屋へと向かう。

「どうせ転生するなら、もっとマシな奴がよかったな……」

よりによってレイスくんになってしまった事に、絶望しかない。

……ここは『ホーリーオーブファンタジー』というファンタジーRPGの世界。

レイス・ヴァリドーはそこに出てくる主人公の敵である中ボス。

おまけに、主人公に殺されるという最悪の未来が約束されている。

……さすがに死にたくないので、生き残る方法を考えよう。

『ホーリーオーブファンタジー』ではいくつかのエンディングがあった。ルート次第では、俺が生き残るものもあったかもしれない。

俺は必死に、前世の記憶を思い返していく。

近くの机に置かれていた紙に、思い出せるだけのレイスくんに関連するイベントを書きなぐっていく。

……えーと、一つ目のルートは自分の力量を見誤って、主人公に挑んで、死ぬだろ？

二つ目のルートは……主人公のヒロインにちょっかいをかけて、色々あって死ぬだろ？

三つ目のルートだと……主人公を倒すために、魔族の力を借りて死ぬだろ？

……あれ？　俺のハッピーエンドどこ？

おっかしーなー？　レイスくんの人生茨の道すぎない？

なんでこんな絶望しかないキャラクターに転生してしまったんだ。はぁ……。

椅子に座りながら、俺はしばらく頭を抱えていたのだが……そこではっと自分の両腕を見る。

「……そういえば、なんで俺は両腕があるんだ？」

……ゲームのレイスくんは、隻腕のキャラクターだったよな？

主人公がそれを心配して手を貸そうとしてきたところ、レイスくんはキレた。

なぜか？　平民ごときに手を貸されるのが嫌だったからだ。

そんな印象的なイベントもあったので、レイスくんが隻腕であるのは確定。

おまけに、レイスくんはまだ貴族、なんだよな……。

ゲーム本編が始まった時点でレイスくんはすでに、貴族ではなかった。なのに貴族としてのプライドを持ち合わせている痛い奴だった。

……つまり、これから俺が隻腕になって、家が爵位を取り上げられ、没落するイベントが発生する、って事だよな。

俺が隻腕になった原因……。

それと、ヴァリドー家が破滅した理由……。

「確か、ゲームの設定年表に細かく色々書かれていたよな……？」

俺は設定資料集を必死に思い出し、できる限りの情報を手元の紙へとまとめていく。

すべては、破滅の未来を回避するために。

俺と、俺の家の破滅に関連する事から、そうではない事まで思い出せる事すべてを書きなぐっていく。

そうして、必死にまとめてできあがった多少抜けのあるこの世界の年表を見ながら、ため息を吐いた。

まず分かった事は、現在が……原作開始前である事。

ここからあと一年ほどが経ったところで、『ホーリーオーブファンタジー』の物語が始まる。

そして……その前に、俺にとっては一大事なイベントが発生する。

俺の家が滅亡した理由は、簡単だ。

魔物に襲われたからだ。

……ヴァリドー侯爵家は、ヴァリドールという街を治めているのだが、その役目は街の統治と共に国の防衛であった。

ヴァリドールの北には、『悪逆の森』と呼ばれる、凶悪な魔物が住み着いたいわゆるダンジョンが存在していた。

ここは、過去に賢者が結界を作り、魔物を押さえ込んでくれていたのだが、それでも稀に魔物が外へと溢れ出してしまう。

その魔物たちを押さえ込むのがヴァリドー家の任務だった。

だが、ヴァリドー家は腐っていて……国から与えられる防衛費を遊興費に回していた。

その結果、『悪逆の森』で発生したスタンピードにまったく対応できず、本来であればヴァリドールで押さえていたものを押さえきれず、さらにそこからいくつかの街にまで魔物が襲来し、大損害を出した。

そこでようやく色々な悪事がバレ、ヴァリドー家は爵位を取り上げられ、ついに我が家は貴族としての立場を失った……というわけだ。

ついでに言えば、このスタンピードに巻き込まれてしまったレイスくんは、片腕を魔物に食われたが、何とか一命をとりとめ……原作開始時点の隻腕のレイスくんとなったのだ。

それから、無駄に頭の良かったレイスくんは学園へと入学し、そこで主人公に出会い……ちょっかいをかけまくり、最終的にはラスボス側の魔族に騙され、操られ、殺される……というのがだいたいのルートでのレイスくんの末路だ。

まあ、レイスくんは死んでも仕方がないことをしている。ゲーム本編では、自分の地位向上のため、魔族の言いなりになって大量虐殺をしていたり、街を破壊したり……とにかく、悪行三昧だ。

……ひとまず、俺としてはまだそういった取り返しのつかない問題が起きる前に前世を思い出すことができて良かったと思っておこう。

『悪逆の森』で発生したスタンピードは、俺が十五歳になる年に発生する。ちょうどあと一年くらい、か。

さ、作戦会議！

俺が、これから五体満足で生き残る方法――つまりまあ、破滅の未来を回避するために何をどうすればいいのか。

俺にとっての破滅の未来……それはもちろん原作の通り進行する事だ。

ゲーム本編開始前のスタンピードに巻き込まれ、隻腕になり、主人公と敵対し殺される……。

俺にとって最悪のバッドエンドは間違いなく、これだ。

では、これを回避するためにどうすればいいのか？

簡単だ。スタンピードの発生に巻き込まれないようにすればいい。

……おおよそ、発生するタイミングも理解しているのだから、その前に街を離れてしまえばいいだろう。

……離れられるのか？

レイスくんの立場は、あまり良くなかった。

側室との間に生まれた子どもであり、適性のある魔法も消費魔力が多く、「しかし魔力が足りなかった！」とかいうテキストが出てくるような燃費最悪の空間魔法。

街の外に出る事が禁じられているため、スタンピードが予測できても、逃げられない。

……仮に、誰かにスタンピードについて話しても、信じてもらえないだろう。

もう百年ほどは発生していないんだしな。

だからヴァリドー家から危機感がなくなってしまったわけでもある。

つまりまあ、何もしなければ俺はこの屋敷でスタンピードに巻き込まれるその日までを過ごさなければならない。

……それに、この街に危機が訪れるのなら……俺としてはそれを見過ごしたくはない。

原作で、酷い状態の街と、好きだったキャラクターの何人かが悲しんでいる姿を見ていたからな。

できるのなら、スタンピードを鎮静化したい。

すなわち『悪逆の森』から溢れ出したすべての魔物を仕留めるというわけで……できるのか、今の俺に？

レイス・ヴァリドーというキャラクターのスペックを、改めて思い出す。

……うーん、特別強かった記憶はない。

しいてあげるなら、空間魔法というぶっ壊れた魔法を持っているくらいだが、彼はロクに訓練を積んでこなかったため、魔力が少なく、魔法が使えないネタキャラだ。

主人公に挑んだ時だって、剣も魔法もダメダメで、魔族の手によって魔物へと改造されてようやくちょっと戦えるようになった程度のかませな悪役キャラだ。

………………いや、詰んだとか考えてないぞ？　ただ、ちょっと絶望的だなぁ、とか思ったくらい。

「でも、俺だってゲームのキャラクターなら……ゲーム知識で鍛えられるはずだよな」

原作のレイスくんと、今の俺との違いは……ゲーム知識があるという事。

ゲームでは、基礎訓練を行う事で魔力や基礎ステータスを鍛えていく事ができる。

現状、ステータス画面を見る事はできないが、ここがゲーム世界ならばきっと同じように鍛えていけば……少なくとも、ゲーム本編よりも強くはなれるはずだ。

……あとは、その鍛え方だ。

普通に、鍛えていたら……間に合わない。

ゲーム知識で、それを補えば何とかなるか？

ゲームでは、【指導者】のスキルを持っているキャラクターに訓練してもらうと、ステータスの伸び率が跳ね上がった。

今はまだ、原作開始前で……ゲーム知識がどこまで通用するかという不安はある。

だが、やるしかない。

【指導者】持ちキャラクターの居場所も……原作開始時点でのものになるが、知っている。

どこの誰が、こんな奴に転生させたのか分からないが……俺をこの世界に転生させた事を後悔させてやる。

「……やって、やろうじゃねぇか」

「ふっふっふっ……こんな逆境的な状況……興奮してきたって……これは、レイスの性癖が残っていやがる……？」

……なぜか、こんなに追い詰められているというのに、体はゾクゾクと感じた事のない感覚に襲われていた。

一度考え始めると、メイドの鞭（むち）が恋しくなってきてしまい、俺は必死に首を横に振る。

『悪逆の森』のスタンピードも、原作主人公による脅威も、すべて退け、最高のドＳヒロインたちを囲ってやる……！　いや、違う！

破滅の未来を回避する！

……そのためにも、まずは自分を限界まで痛めつけて鍛えるところからだな。

第一章　ゲーム知識で有利に立ち回る

【指導者】スキル持ちの一人を捜すため、俺は屋敷の兵の名簿を確認していた。

その中に、俺はある人の名前を見つけ、ほっと胸を撫でおろす。

「……やっぱり、いてくれたか」

元王国騎士団副団長ザンゲル。

現在四十近い年齢のザンゲルは騎士団を引退し、このヴァリドー家の兵団の指導係を務めてくれている男性だ。

ちゃんと、この時点でヴァリドールにいてくれたんだな。

ゲーム本編開始時点のヴァリドールは、『悪逆の森』によってその大半が街の機能を失っていた。

壊滅状態のヴァリドールにて、復旧作業の中心となっていたのが、このザンゲルという男だった。

ザンゲルの居場所については、王国騎士団かこのヴァリドールのどちらかではないかと思っていたが、予想が当たってくれた。

ただ、問題はザンゲルに指導のお願いをしたところで、受け入れてもらえるかどうかだ。

ザンゲルはこの国の腐りきった状況を理解していた。

貴族が平民を虫けら同然に扱っている事や、貴族たちの腐敗しきった部分を見てきた彼にとって……ヴァリドー家はどちらかといえば敵側の存在だ。

ヴァリドー家に大した忠誠心を持たないザンゲルに、剣と魔法の指導をお願いしたところで体よく断られる可能性がある。

……まあ、やってみるしかないか。

ひとまず、ザンゲルを呼び出し、俺の今の考えについて話してみるか。

俺は席から立ち上がり、小さな部屋を出る。……俺に与えられた部屋は兄たちに比べてかなり小さい。

それは、側室との間に生まれた子どもだからだ。おまけに、部屋の外には勝手に出歩かないようにと、兵士の見張り付き。

部屋の外に出ると、見張りである二人の兵士がちらとこちらを見てきた。

俺と目が合うと、怯(おび)えた様子で背筋を伸ばしている。

……そういや、レイスくんは自分より身分が下の人間に対して横柄な態度を取っていたな。

そのせいで、家族からだけではなく、使用人や兵士たちからも嫌われているという……誰も味方のいないハードモードだったな。

なんでもう、レイスくんはそんな無茶(むちゃ)な事をしてしまったのか……。

記憶を探ってみると、どうやら……この逆境状態がいいようだった。

……人に嫌われ、蔑むような目を向けられるのがいいってどんな奴だよ。

たまたま廊下にいたメイドが嫌そうな目を向けてきて、体がゾクゾクとする。く、くそお……感じたくないのに、感じてしまうなんて……最悪な体だ。

と、とりあえず……まるで味方がいない状況ではこの先問題も出てくる。

周りの評価に関しても変えていきたいが、一日二日でどうにかなるものではない。

とりあえず、普段から気をつけよう。

「れ、レイス様？　どうされたのですか？」

怯えた様子で問いかけてきた兵士に、俺はできる限りの笑顔を向ける。

おい、なぜビビっているんだ。俺が笑顔で脅しているみたいじゃないか。

「少しいいですか？　お願いしたい事があるんですけど」

俺は、二人を恐怖させないようにとできる限り丁寧に声をかけてみたのだが、ますます二人は体を震わせてしまった。

こちとら、丁寧な印象を与えるために敬語を使ったのになぜだ。……いや、使ったからか。

普段のレイスくんは命令口調で、常にイライラした様子で平民と話していた。

そうする事で、より平民から嫌われる事をレイスくんは理解していたからだ。

それによって、敵意を向けられるのが最高なんだ。

まあ、とにかく普段は偉そうな態度をしていた奴が突然敬語になったんだ。

怖いよな……。

仕方ない。

自分よりも年上の人たちに敬語を使わないのは少し気になってしまうが、今まで通りに振る舞った方がいいか。

「さっきのは、忘れてくれ。……二人とも。改めてお願いしたいが、今からザンゲルを呼び出してほしい。話したい事がある」

「へ、兵団長を……ですか？　し、しかし――」

「……難しいか？」

「い、いえ！　そんな事はございません……！　至急、確認に向かいます！」

慌てた様子で叫んで走り出した兵士。

もう一人の兵士は逃げるタイミングを逃した事を後悔するかのように、去っていった兵士の背中を睨(にら)んでいた。

……また、怯えさせてしまったようだ。

思った以上に、レイスくんの悪役キャラは定着してしまっているようで、キャラ変するにはどこからどう取りかかればいいか分からんな。

……でも、改善してしまったらもう敵意を向けてもらえないかも――いや、だからこの思考は忘れろ、俺。

ちらと残っていた兵士を見ると、彼はガタガタと震えていた。

……このまま世間話をしたところで、彼には恐怖の記憶しか残らないだろう。

「先ほどの兵士が戻ってきたら、部屋をノックしてくれ。中で待っているからな」

兵士にそう伝えて部屋へ戻ろうとすると、彼が慌てた様子で頭を深く下げてきた。

「わ、分かりました……！」

……まったく。

こんなに怯えなくてもいいだろうに。

ちょっと寂しくなってきてしまう感情と同時に、そこまで何かに怯えられる彼を羨ましがる心もあった。

それから、数分部屋で待っていると、扉がノックされた。

「……レイス様。ザンゲルです。今よろしいでしょうか」

「入ってくれ」

返事をすると、ザンゲルが兵士と共にやってきた。

……彼は平民の出身だが、騎士団に所属していたので、その立ち居振る舞いは丁寧だ。

すたすたとこちらへやってきたザンゲルが問いかけてきた。

「私をお呼びだと伺いましたが、どうされましたか、レイス様」

「単刀直入に話そう。剣と魔法についての指導をしてほしい」

俺がそう言うと、一瞬ザンゲルは驚いたように目をぱちくりさせる。

「……レイス様を、でしょうか？」

「そうだ。他に誰かいるか？」

「いえ……失礼しました」

……いや、そんな本気で謝らなくても……。こっちは冗談っぽく話したのだが、やはり今の態度だとそれも伝わる事はなさそうだ。

「ですが……失礼を承知で伺いますが、どうして剣と魔法を学びたいのでしょうか？」

ザンゲルは探るようにこちらを見てくる。

彼はこの国にとっくに希望など持っていない。

……そんな彼に対して、どこまで俺の言葉が伝わるかは分からない。

とはいえ、嘘偽りで綺麗な言葉を並べたところで、恐らくザンゲルの心には届かないだろう。

「俺は……死にたくない」

「……死にたくない、ですか？」

ぴくり、と反応したザンゲルは眉根を寄せる。誰もが抱く感想だとは思うが、この部屋においてその発言がされるとは思っていなかったのだろう。

だから、ザンゲルは俺の言葉に耳を傾けてくれたようだ。

ひとまず、話し出しは成功。あとは、どうなるかだ。

「ああ。ヴァリドールは過去の記録を見ても、もう数十年は平和だ。『悪逆の森』にいた魔物たちが賢者の力によって封じられたのは本当らしいな」

「……そうですね。百年ほど前に賢者様が作り出した結界のおかげもあり、現在は魔物たちが外に出てくる事もほとんどありませんね」

……そう、ほとんどだ。

ただ、稀に数体の魔物が森の外で確認されているわけで、賢者が施したという結界だって完璧なものではないというのは分かっている。

だが、我がヴァリドール家は動かない。周りの貴族に合わせての浪費や、それぞれの趣味による無駄遣いで、魔物討伐の予算などないのだ。

現在は、重税や備蓄などの売却、軍事費の削減で、領の運営はどうにか成り立っている。

ただ、ゲーム本編では『悪逆の森』のスタンピードが発生しなくとも、領民たちの反乱でヴァリドールは潰れていたのではないかと言われていた。

「これから先、いつまでも平和が続けばそれが一番だ。もしもそうなら、家族たちが今のような生活を続けていても、少なくとも対外的に大きな問題は起こらないからな」

「……」

ザンゲルは口を閉ざして俺の話を聞いていた。俺の家族たちを否定する言葉に、その家族たちの部下であるザンゲルが頷くわけにはいかないだろう。

「……だが、いつ何が起こるか分からない。俺はその時に、死にたくはない。……だから、生き延びるための力をつけたいと思い、お前に指導をお願いしたい」

「そういうことでしたか」

「お前は元王国騎士団副団長だったと聞く。そこらの兵士たちよりもよほど、経験は豊富だと聞いた。頼めないか？」

「……そうですね」

しばらくザンゲルは考えるように顎に手をやる。

その表情は少し険しい。……というか、どう断ってやろうか、というのがありありと見える。

これも、俺がレイスくんとして横暴な振る舞いをしていたせいだな。

俺に協力的な人間はこの屋敷にはいない。

……ったく、レイスくんは何を思って周りすべてを敵に回していたんだか。

いや、いいから。記憶から主張しないでくれ。皆にいたぶられるのが快感だとかうん、もういいですから……。

「かしこまりました。ですが、あなたの指導を行うにはご家族の許可が必要かと思います」

「……そうだったな」

俺が勝手な事をすれば、家族がキレる。側室との間に生まれた俺は、家族の中でもっとも立場が弱く、誰からも愛されていない。

……だから、レイスくん自身の性格も歪(ゆが)んでしまったんだろうな、とは少し思わないでもなかった。

だからって、メイドにSMプレイを強要するのは歪みすぎでは？

「分かった。それじゃあ、家族と話して許可がおりたらまた頼んでもいいか？」

「ええ、もちろんです」

にこり、とザンゲルが微笑(ほほえ)み、頭を下げてから去っていった。

頭をかいてから、俺はため息を吐く。

家族に、会いたくねぇ。

今の俺は屋敷の端の方の部屋にぽつんといて、この部屋から出なければ彼らと顔を合わせる事はまったくといっていいほどない。

事実前世を思い出してからまだ一度も会っていない。

ただ、レイスくんの記憶にあるヴァリドー家の面々は、正直言って相手をしたくないようなゴミみたいな性格の奴らであり、彼らに俺のお願いが通るとは思えない。

ザンゲルは……面倒くさがりな性格だ。だから、さっきのような提案をしてきたんだろう。

俺の頼みを聞きたくはないが、立場上、直接断るのも難しい。だから、俺の家族を利用した、というわけだ。

あんちくしょうめ。……いやまあ、元はといえばレイスくんが嫌われるような態度を取り続けていたのが悪いんだ。

「今の俺は別人だよ！　中身が変わってるんだよ！」と言ってもとうとう頭までもおかしくなったのかと思われるだけだろう。

こりゃあまた一つ、障害が出てきてしまったが……しゃあない。

障害、と聞くと……興奮してきてしまうのだ。くそぉ、レイスくんは何にでも悦(よろこ)びを覚えられるんだな。

ひとまず、家族たちを説得して、最高レベルの【指導者】スキルを持っているザンゲルに教育してもらわないとな。

俺の家族と交渉するうえで、一般的な家庭でよくあるようなおねだりは通用しない。

俺と家族たちとの間には大きな壁があるわけで、彼らが好むような結果を引きずりだす必要がある。

つまり、だ。

家族たちは、俺が望む事を拒絶し、俺を虐める事に喜びを覚えているやべぇ奴らだ。

「俺が剣の訓練を望んでいない」という状況を作り、家族が無理やりに剣の訓練をさせたがる状況を作り上げればいい。

その前提条件を踏まえれば、簡単だ。

俺が魔法を学びたがっている事をアピールする。

その日から俺は廊下を歩きながら、魔導書を読み進めていった。

すべては、家族たちに魔法を学びたがっているというのを知らせるため。

もちろん、これだって基礎訓練の一つだ。魔法に関する勉強をする事で、魔力や魔法攻撃力を鍛えられる。

……ただ、【指導者】スキルを持った人が教育係としてついていないと、その効果はあまり高くはない。

気休め程度ではあるが、日々その鍛錬を行っていると、廊下などで家族とすれ違う事がある。

両親は俺に冷たい視線を向けてきて、ぼそぼそと何かしらの悪口を残していく。

長男と次男に至っては、俺にわざとらしく肩をぶつけてきて、嫌味な笑みを浮かべて去っていく。

……さすがに、レイスくんもこれには興奮していなかったようで、ただただ嫌悪感が積み重なっていく。

どうやら、レイスくんは家族以外……それも異性に虐められるのが好きだったようだな。

……きっと、彼の生まれが影響してそんな歪んだ性癖を獲得してしまったんだろう。

そんな事を考えていたある日、俺は両親から呼び出しを受けた。

場所は食堂。家族たちが食事中のそこに、俺の席はもちろんない。

……まあ、これが俺のヴァリドー家での立場だ。

俺の父……ルーブル・ヴァリドーは俺をちらと見てから、不快そうに睨んでくる。

「レイス。なぜお前がここに呼ばれたか……分かるか？」

「……いえ、分かりません」

「貴様、最近魔法の勉強をしているそうだな？」

父の苛立った問いかけに、周りの家族たちもそろって睨みつけてくる。

――キタキタ！

想定通りに事が運んでいるようで、大満足だが、ここで笑みを浮かべるわけにはいかない。

あくまで、深刻そうな表情を浮かべる。

彼らの苛立ちの理由ももちろん分かっていたが、俺はそれが分からない無知な振りをさせてもらう。

「……そ、そうですが……それがなんでしょうか？」

レイスくんは、平民たちには偉そうな態度をしているのだが、家族にはこのような態度だ。

俺の問いかけに、父の顔が一瞬で真っ赤になった。

「魔法は貴族にのみ許された力だ！」

その声は雷鳴のように響き渡り、部屋の隅々まで震わせた。

……ゲームの設定では、魔法が使えるのは貴族と一部の才能溢(あふ)れた人たちくらいのものだ。

まあでも、そこはゲーム。仲間になる平民のキャラクターたちはだいたい、才能溢れた人たちで、皆魔法の力を持っていた。

父が怒鳴りつけてきたので、ひとまずビビった振りをしておく。

「貴様は、たまたま生まれてしまっただけの存在なのだから、魔法の勉強などするんじゃない！」

「も、申し訳ありません……で、でも俺も魔法の勉強がしたくて……」

「第一、貴様の適性ある魔法は、空間魔法だろう。まったく使えないとされるそんなものの練習など無意味だ！　気に食わんから目につくところで練習なぞするな！」

だ、黙っていれば好き放題言いやがって……。

そもそも、テメェが欲情して使用人に手を出して、俺が生まれたのが原因なんだろうが
……！

子どもを殺せばその家は呪われる、というのがこの世界での常識らしく、ひとまず俺は産み落とされた。

しかし、その後、やはり我慢できないと父の妻……俺にとっての義母が俺の母を殺した。

「……そ、それでも……俺は魔法の勉強が……したいんです。お、俺だって魔法を使えますし……兵士たちと違って、魔法で戦えるようになりたいんです！」

俺がそう必死に訴えかけると、父がこちらにやってきて拳を振り上げようとした。

しかし、その時だった。ニヤニヤと見ていた長男のライフと次男のリーグルが、こちらへ下卑た笑みを向けてくる。

「父さん。オレいい事思いついたよ」

「オレもオレも」

「……なんだ？」

「その無能にさ、剣でも教えたらどうだ？」

「……剣を？」

「そうだよ。戦いたいって言っていたろ？　だから、剣を教えてやるんだよ」

「ふむ……」

「剣ってさ、趣味でもなきゃ平民が学ぶもんだろ？　才能ないあいつらと同じ剣を学ばせてやればいいんだよ」

……実際のところ、貴族でも剣を学ぶ人たちはいるのだが、ヴァリドール家にとって剣は平民が扱うものという認識だ。

神か、お前たちは！　心の中で感謝の声を上げながら、俺はしかし顔には決死の表情を浮かべる。

「い、嫌だ……！　け、剣なんて俺は学びたくない……！　お、俺も魔法使いに……！」

そう叫んだ瞬間だった。父の魔法が放たれた。

風の一撃が俺の体を殴りつけると、派手に吹き飛ばされる。食堂の壁へと叩きつけられ、近くで控えていた給仕が短く悲鳴を上げるのが聞こえた。

い、いってぇ……！

苛立ちを抱きながら顔を上げると、そこには家族たちの下卑た笑顔があった。

「そうだな。貴様には剣の訓練を受けさせてやろう。毎日、平民たちに交ざり剣の訓練をするように」

「そ、そんな……！　剣なんて学びたくありません！　それに……まさか！　あの平民のザンゲルに指導させるような事なんて……絶対に嫌です！」

「……そうかそうか。それならば、ザンゲルをお前の指導者として指名してやろうか」

よっしゃ！　ミッション達成。うまく行きすぎて笑ってしまいそうだ。

これで、ザンゲルというスキル持ちの指導者を手に入れたぞ。

俺の未来を変えるための第一歩をようやく踏み出す事ができた。

絶望的な表情を浮かべながら、心の中でガッツポーズをして小躍りしていると、がしっ！　と頭を踏みつけられた。

……ら、ライフぅぅぅ！　テメェ……！　汚い足で踏みつけやがってぇぇ！

俺は美少女に踏みつけられる分には一向に構わないが、テメェみたいな薄汚いデブの小僧に踏まれる趣味はねぇぞぉぉぉ！

い、いや美少女に踏みつけられるのも勘弁だ……！

だが、今の俺はまだ立場はもちろん、力もない。

「はっはっはっ。良かったじゃないか！」

「これで、お前も立派な平民に一歩近づけたな……！」

そういったところでライフが足をどかしてくれたので、俺は顔を上げる。

……新たな目標ができちゃったぞ。

俺の破滅を回避するのはもちろんだ。

だが、それとは別にもう一つ——。

——こいつらを泣かす！　絶対、泣かす！

ヴァリドー家の連中にやり返せるような立場を手に入れ、これまでにやられた事を何倍にもして返してやる！

第二章　周囲への変化

私は、このヴァリドー家の兵団長を務めるザンゲル・ドレッド。

先日、レイス様に剣の稽古をつけてほしいと言われたものだ。

……正直言って、面倒臭かった。

しょうもない貴族の思いつきの発言だと思っていたからだ。

だから、うまーく、逃げたつもりだったのだが……。

「……まさか、正式に依頼されるとはな」

ため息を吐いた。

今朝方、当主であるルーブル様から、レイス様の指導を正式に任されてしまった。

こんな事になるとは思っていなかったので、私はため息を吐くしかない。

だって……あのレイス様だ。怪我(けが)をしたらどうせ癇癪(かんしゃく)を起こすし、教え方が下手だといちゃもんをつけてくるに違いない。

そんな奴(やつ)の相手など、誰がしたいというのか。

「……ったく、面倒で仕方ないな」

そう愚痴をこぼしていると、兵団の副団長を務めるゲーリングが苦笑を浮かべていた。

「ザンゲルさん。今日からレイス様の訓練を行うんですよね？」

「ああ、そうだ。まったく、なんでまた剣と魔法を学びたいなんて言い出したんだかな」

「……分かりませんよ。まあでも、適当に流した方がいいですよ。アレは、親たちに負けず劣らずの問題児ですからね」

「……そうだな」

本当は、仕えるべき当主とその子どもをそんな風に言う部下をしかりつけるべきなんだろうが、この兵団にヴァリドー家への忠誠を誓っているものなど誰もいない。

今兵団に残っている少数の兵士たちは、ただただこの街の出身でこの街を守りたいという一心だけでここにいる。

彼らが忠誠を誓っているのは、ヴァリドー家ではなくヴァリドールに対してだ。

レイス様との訓練の時間となったところで、私は何度目か分からないため息と共に訓練場へと向かった。

ヴァリドー家の屋敷の隣には、兵団の宿舎と訓練場があった。レイス様の訓練には訓練場の一角、兵団の訓練の邪魔にならない場所を用意していた。

さてさて……レイス様がいるのかどうか。いなければそれでいいんだけどな、と思っていたが……すでに彼はそこで待っていた。

驚いた私は、少し急いだようなフリをしてそちらへと向かう。小走りでレイス様のもとへと向かうと、彼はこちらへと振り返った。

……彼は、見慣れない装備を身に着けていた。たぶんだが、街で売っているものだ。

ブレスレットにネックレス、指輪とあとは靴も戦闘用に替えているか。

そして、両腰には短剣が下げられている。

「そちらの装備品は？」

「……ん？　ああ、ゲームでは成長率に補正が……い、いや……訓練による効果をより得るための装備品でな。まあ、気にするな」

「はぁ……？」

何をこの人は言ってんだ？　装備を冒険者らしいもので揃えたからって、冒険者のように強くなれるわけではないだろうに。

……まあ、形から入るというのも悪い話ではないし、別にいいか。

レイス様はこちらをちらと見てから、軽く頭を下げてきた。

「それじゃあ、改めて。今日からよろしく頼む」

それに少し驚いてしまい、私は返事が遅れてしまった。……しかし、ここで何も返さずに無視するというのは大変失礼に当たるため、慌てて口を動かした。

「え、ええ……こちらこそ。よろしくお願いいたします」

「それじゃあ、早速訓練を開始していこう。基本的には模擬戦形式で行って、俺の動きの直すべき点などを指摘してほしい」

「……分かりました」

「俺は戦いの素人だし、全力でやっても問題はないな？」

「ええ、構いませんよ」

「よし、分かった。それじゃあ、早速始めようか」

レイス様はそう言ってから両の腰に下げていた短剣を握りしめた。

どこかで見覚えがある。……たぶんだが、倉庫にあったものか。

それにしても、短剣を武器にするのは珍しいな。もっといい短剣が倉庫にはあったと思うが、どうしてよりによってそれにしたのだろうか？

まあどうせ、レイス様は目利きができないだろうし、短剣の価値も分からないか。

「短剣での訓練を行っていくのですか？」

「ああ、まあな。主人公以外が使える中での最強武器が短剣なもんでな」

シュジンコウ？　よく分からないが、演劇や小説などの話をしているのだろうか？

「はぁ？　どういう事でしょうか？」

「……あっ、すまん。独り言、みたいなものだ。それじゃあ、好きに攻撃を仕掛けていいんだな？」

レイス様は慌てた様子で話を戻した。

私としても、特に気になる事はなかったので、先ほどの会話を特に掘り下げる事はせず、頷（うなず）いた。

「ええ、はい。どうぞ」

そういった次の瞬間。レイス様が地面を蹴りつけた。と、同時にこちらへと迫ってきた。

思っていたよりも速い。だが、単調な動きだ。

読みやすい一撃と共に振りぬかれた短剣に、剣を合わせ、その体を弾き返す。

「……魔力による身体強化を行っていますか？」

「……ああ、そうだ」

やはりそうか。本を読んでいたらしいので、知識としてはあったのだろう。

ただ、まだまだ不安定だ。

……あんまり、指摘とかしてレイス様に怒られたくはなかったのだが、私はついいつもの癖で注意する。

「魔力はもっと抑えてください。体全体を万遍なく強化してください」

「……分かった」

それから、レイス様は素直に私の指摘を受けては、修正を繰り返しながらひたすらに攻撃を繰り返してくる。

……まだまだ初日であるため、動きは素人に毛が生えた程度のものだ。

だが……レイス様もヴァリドー家の人間である事は、分かる。

動きの端々に、才能の片鱗を感じる。

レイス様の祖父——先代のロートル様のように。

それから数時間ほど攻撃を繰り返して、レイス様との戦闘訓練は終わった。

疲れた様子で息を吐いていたレイス様が汗を拭い、こちらに小さく頭を下げてきた。

「ありがとう。明日も頼む」

まさか、そんな風に感謝されるとは思っていなかったので、私は少し驚いた。

……黙ったままでは失礼だろう。小さく息を吐いてから、頷いた。

「……ええ。当主様のご命令ですからね」

正直言って、面倒な気持ちはまだある。

だが、その日のレイス様からは……なぜか、先代当主様と同じ雰囲気を感じていた。

訓練を終え、去っていくレイス様の背中を見送った後、私は宿舎の自室へと向かう。

他の者たちよりも一回り大きい部屋は、私の兵団長という立場故だ。

最低限の家具のみがおかれた部屋の一室にて、私はもう何度目かになる退職について考えていた。

もともと、私がこの家に来た理由は、レイス様の祖父であるロートル様に恩を感じていたからだ。

私はこのヴァリドールで生まれた平民だったが、ロートル様が私の力を見出だし、そして騎士団へと推薦してくれた。

騎士団では様々な肩書きを手に入れる事ができた。

比喩でもなんでもなく、私の人生を変えてくれたロートル様には感謝しきれないほどの恩を感じていて、そのロートル様の最後の頼みが、「息子のルーブルを頼む」というものだった。

……ロートル様は、中々子どもに恵まれず、高齢になってからルーブル様が生まれた。

まだ、ルーブル様が小さい頃にロートル様は亡くなってしまい、ヴァリドー家の教えを伝えきる事ができなかった。

そんなロートル様の頼みを断るわけにもいかず、私は騎士団を辞め、現当主であるルーブル様を支えるために、この街へと戻ってきた。

……だが、ルーブル様はロートル様とはまるで違った。

いや、正確に言えば……変えられて、しまった。私が騎士団を辞めるまでの間に、ルーブル様に接触した腐敗した貴族たちの影響を受け、彼もまた腐ってしまった。

他の貴族たち同様、平民を見下し、自分の利益のために過剰なまでの税を巻き上げる典型的な嫌われ者の貴族だった。

私がこの兵団に残っている理由は、親しくなった友人ともいえる部下たちを見捨てたくはないという理由だけだった。

部屋がノックされる。

「入っていいぞ」

「失礼します」

そう言って部屋へと入ってきたのは、ゲーリングだ。若く容姿の整っている彼がにこりと微笑む。

ヴァリドール兵団の副団長を務めるゲーリングは、爽やかな笑みと共にこちらへとやってきた。

「どうでしたか、ボンクラ息子その三の訓練は？」

「……そういう言い方はするなと言っているだろう。どこで誰に聞かれているか分からないのだぞ」

ゲーリングはレイス様の事をそう呼んでいたのだが、それは彼だけではない。

兵団には、この家に対して大なり小なり思うところがある人が多かったからだ。

もちろん、私としても思うところはあるが、それでも私たちにとって雇い主に変わりはないのだから、失礼な事があってはならない。

「訓練は終わったよ」

「どうでした？　どうせすぐやめたがったんじゃないですか？」

「……いや、それが予定の時間まで文句一つ言わず訓練を行っていたよ」

「えー……それじゃあ、僕の予想が外れちゃいましたね」

ゲーリングが残念そうにため息を吐いていた。私が兵団の人たちにレイス様の訓練を行う事を伝えた時、数名が賭けをしていたな、と思い出す。恐らく、ゲーリングもその一人だったのだろう。

……そう。レイス様は訓練に対して本気で臨んでいた。

私はレイス様に合わせて力を加減したとはいえ、きちんと訓練の相手を務めた。それでも、彼はこちらから言うまで一切休憩もとらず、ひたすらに短剣を握り続けていた。

「うーん……それなら何日で飽きるのか皆で話してきますかねぇ」

ゲーリングがぼそっとそんな事を話していて、私はじとりと睨みつける。

「……そんなことも、ないと思うがな」

「まさかぁ。でもまあ、飽きっぽい性格ではありますよね。最近は、メイド虐めとかもしていないみたいですし」

虐め、とまで表現するかはともかく。

レイス様はよく使用人などに対して横柄な態度をとっていた。

まるで、周りに嫌われるためにやっていたかのようにも見えるそれは……一種の子どものわがままみたいなものなのではないだろうか、と最近は考えるようになっていた。

……レイス様は、両親から愛情を向けられずに育ってきた。だからこそ、周りにどんな形でもいいから構ってもらいたかったのでは、ないだろうか、と。

……いや、あまり考えても仕方ないか。

「ゲーリング。こんな事を話すために私のところにやってきたのか？」

「違いますって。『悪逆の森』のエリア1の外に、『悪逆の森』のゴブリンが出てきたのを確認したのでその報告になります」

「……また、森の外に魔物が出てきたのか。被害の状況は？」

ただのゴブリン、ではあるのだが『悪逆の森』の特殊な魔力が影響しているのか、他地区にいるゴブリンよりも能力が高い。

そういった、本来よりも強い個体はレベルが高い、と言われるのだが、この『悪逆の森』に出現する魔物たちは総じて、レベルが高いと言われている。

「ええ、たまたま、居合わせた冒険者が対応してくれたので被害はありません」

「ルーブル様への報告は？」

「……行いました。ただ、『魔物に関しては兵団ですべて管理しろ』との事です」

「そうか。軍事費についての話は……どうだ？」

「相変わらず、断られてしまいましたよ」

私たちは、揃ってため息を吐くしかない。

私たちが使っている武器や回復ポーションがあるのだが、現在、すべてカツカツのぎりぎりの状況なのである。

今回のように多少魔物が外に出てくる分には構わないのだが、もしも今後さらに増加した時、それこそ、過去に起こったとされるスタンピードがもしもまた発生したとなれば、恐らくそのときこの街は――。

ここ最近『悪逆の森』の外に出てくる魔物の数が明らかに増えている。

かつて、賢者様が作ってくれたと言われている結界の効果が、徐々に落ちているのは確かだ。

「引き続き、警戒を強めてくれ」

「……分かりました」

私の指示に、ゲーリングはすっと頷いてから部屋を出ていった。

「……もしも、レイス様が――」

レイス様が、先代当主であるロートル様と同じような心を持っていてくれたら――。

「……いや。無駄な事を考えるのはやめようか」

私はもう、この領街に期待を抱くつもりはなかった。

今の自分が、平穏無事に生活できればそれでいい。

若かりし頃に抱いた、平民が平等に評価される世界を目指す夢……そんなものは、すべてなくしたのだから。


それが、レイス様の訓練の初日だった。

始めは数日で飽きるだろうと思っていたそれだが、その日だけで終わる事はなかった。

次の日も、その次の日も。

戦闘訓練だけではなく、朝のランニングなどにも私は同行するよう言われた。

そして、こうも言われた。

「訓練を開始する前に『指導者ザンゲルが基礎訓練を行う』と、言うように」、と。

レイス様としてはその方が気が引き締まるからだそうだ。実際、訓練開始前にそう言うようにしたところ、レイス様が急成長していったので、驚きだ。

一日訓練すれば、そのすべての経験が体に染みついていく。

……間違いなく、才能はあった。

そして今。実戦形式での訓練を行っていた私に、レイス様が迫る。

地面を蹴りつけ、一瞬で距離を詰めてきた彼に、思わず息をのむ。

「……っ⁉」

圧倒的な加速力。咄嗟に私は魔力による身体強化を高め、レイス様の一撃を受け止めた。

……今の一瞬――。

私に迫った先ほどの攻撃は、確実に私まで届いていた。

……まだ訓練を始めて二週間程度。

だというのに、ここまで急成長するものなのか……？

いや、あり得ない。兵団にも、ここまでの者はいない。

私が剣を握りなおすと、レイス様は少し呆れたようにこちらを睨んできた。

「……本気で、やっているのか？」

彼からの言葉は、私の胸に深く突き刺さった。

これまでのレイス様に先の言葉を言われていたら、私は苛立っていた事だろう。

だが、今は違う。

「……失礼しました」

レイス様は、本気で戦いを学ぼうと思っていらっしゃる。

ならば、私も本気でやらなければ失礼だ。

私はそれまでよりも熱意を込めて、指導していく。

……戦いながら頭をよぎるのはレイス様の変化だ。

彼の態度が……ここ最近、明らかに変わっていた。口調などは特に変わらないのだが、態度や姿勢といった部分で優しさを感じるようになった。

それは私だけではなく、使用人たちも感じていたようで、聞かれた事があった。

『何か、ザンゲルさんがしたんですか？』と。

なんでも、最近は変な命令もなくなったのだとか……。

……レイス様が自分で変わろうと思い、本気で行動している。

だが……だからこそ……私は残念に思う。

もしも、レイス様がヴァリドー家の正統な後継者ならば……もしかしたら、この領地の問題についてもしっかりと考えて対応してくれたのではないだろうか。

「……なぜ、彼が長男として生まれてくれなかったのか」

私はそうため息を吐く事しかできなかった。

第三章　婚約者との邂逅

訓練を始めるに当たって、俺が準備したものは二つ。

【指導者】スキル持ちの人間と、基礎訓練の効果を高めるための装備品だ。

前者は、ザンゲルを。後者に関しては……屋敷内の倉庫と街の武器防具屋から調達した。

『ホーリーオーブファンタジー』の基礎訓練は、ステータスを強化するものなのだが、その強化は装備中の装備によって変化していた。

また、基礎訓練専用の装備品というのもあり、基礎訓練中に身に着ける事で通常よりも多くのステータスアップ効果が得られるというものもあった。

今身に着けている短剣二本だってそうだ。

屋敷の倉庫に眠っていた、ダッシュナイフと呼ばれるこいつは、基礎訓練時に敏捷の数値を大きく伸ばしてくれる装備品だ。

ただし、普通の武器として使うにはあまりにも攻撃力が低いため、完全に基礎訓練用の装備だ。

他にも、グローブ、ブレスレット、ネックレス、ブーツ、指輪。今手に入る中で一番いい基礎訓練用装備を購入し、ザンゲルとの訓練を行っていた俺は……最高の結果を得ていた。

ただまあ、初日はちょっと問題もあった。

なぜか、まったく基礎訓練による経験値が入っていなかった。

ゲームの仕様が通用しないのかと悩んだが、それは違った。

ゲームと同じように、始める必要があるようなのだ。

ゲームでは、『指導者○○による基礎訓練を開始します』という文言があった。この世界でも、どうやらその文言で基礎訓練の開始を認識しているようなので、指導者にそう言ってもらう必要があったのだ。

だから、ザンゲルには少し不思議に思われたが、毎回そう言ってもらうようにしている。

それからはちゃんと基礎訓練による経験値も入り、できる事が増えている。

ここまで急激に成長できているのは、ゲーム知識のおかげだ。

装備品を手に入れてからの一日のルーティンは簡単だ。

朝、ザンゲルと共にランニングを行う。戻ってきた後は、魔物の肉を朝食として頂き、タンパク質を確保。

それから、ザンゲルが暇な時間を見つけ、魔力の操作訓練、戦闘訓練をしてもらう。

空間魔法を使いたいのだが、現在の俺の魔力だとまだ使えないので、ひとまずは魔力の操作訓練などで基礎魔力を高めていた。

武器に関しては、剣ではなく短剣を選んだ。というのも、この世界での最強装備は勇者の剣、なのだが……次に強いのが短剣系の装備品だったからだ。

ゲームでは、キャラクターごとに装備品などの縛りはなかったが、俺も別にどの武器を使ってみても問題はなさそうだったので、ゲームで優遇されている短剣を選んだ。

合間合間に魔物肉でタンパク質を補給し、ゲーム知識と現代知識の合わせ技で体づくりをしていく。

部屋にあった鏡の前で俺は自分の体を確認していた。

「……二週間くらいしかトレーニングしてないのに、体が引き締まってきているな」

まだまだ、ムキムキとはいかないが、明らかに変化している。

ステータスが上がると、体にも多少影響が出るようだ。

一応レイスくんが中ボス設定というのもあって成長率がいいのかも。ほら、魔物とかって主人公たち側より明らかにステータスの設定が高いし。

ボスの中では雑魚でも、主人公たち基準のステータスだとそうでもないのかもしれない。

さてと。今日もいつも通り訓練をしようと思い、着替えて廊下を歩いていく。

ちょうど角を曲がろうとしたところで、

「……最近のレイス様、ちょっとおかしくない？」

自分の名前を呼ぶ声が聞こえ、足を止める。それから、聞き耳を立てるようにして角から様子を伺う。

「……そうよね。最近はレイス様からの無茶（むちゃ）振りが減りましたよね」

「明らかに無理な時間設定で買い物とか行かされて、できなくて怒鳴りつけられたこととかあったし……」

「……私もレイス様が自分で水を床にこぼしておいて、舐めて拭け、って言われたことあったわね」

「な、なにその最悪な命令。どうしたのよ？」

「……レイス様、見本を見せるように自分で床を舐め始めて、満足そうな顔で『もういい、掃除しておけ』とか言っていたのよ？」

……それは。

自分がメイドに指示をされて、床を舐めさせられているという妄想で楽しんでいたやつじゃないか……！

今思い出しても、背中がぞくぞくとしてくる……じゃない。まったく、何をやってるんだ、レイスくんの馬鹿。

「な、何それ。相変わらずレイス様は非道な命令をしてくるわね……」

「私なんてレイス様の無理難題が達成できずに罵倒された後とか、いっつも去っていく背中とか睨みつけてたし」

……それに、レイスくんは気づいているんだよな。俺の記憶にも、彼女に睨まれたときのものはあった。それを大切な記憶として保管しておかないでほしい。ああ、興奮してきちゃいそうだ。

「それが……最近はちゃんと挨拶もしてくるし……無茶振りもないのよね。……どうしたのかしら？」

……ひとまず、印象は変わっているようだな。

メイドたちからしたら、何をしてくるか分からない貴族と接するだけでも、精神的に追い詰められていたはずだ。

これ以上、敵を増やすつもりはないので、評価が変わりつつあることに安堵する。

俺はメイドたちに自分がいることを伝えるため、軽く伸びをして声を出してから、廊下の先へと進む。

メイドたちは慌てた様子で背筋を伸ばしたあと、俺に驚いたように声をかけてきた。

「れ、レイス様……？　本日は、リーム様が来られますので、その、外には出ない方がいいかと……」

ふっふっふっ、メイドが嫌そうな様子で声をかけてくる事に、口元が緩むぜ……じゃない。

「何だと？」

「ひっ⁉　も、申し訳ありません！　出すぎた事を申し上げて……っ！」

……一応、メイドたちには違和感がない程度に優しくしているつもりだが、まだまだすべてが改善したわけではない。

それでも、前世を思い出す前に比べると多少はマシになった方ではあるのだが、まだまだ俺に対して恐怖心のようなものを抱く人たちは多い。

「いや、そういうわけじゃなくてだな。今日はリームが来るんだったか……。教えてくれてありがとう」

「え？　……あっ、は、はい……し、失礼しました」

リームという名前はレイスくんの記憶にも残っているし、なんなら……ゲーム本編の登場キャラクターだ。

リームは……俺の許嫁(いいなずけ)だ。

さて……どうしようか。

といっても、原作がスタートした時にはすでにその関係はなくなっている相手なんだが。

リームとの婚約関係に関していえば、それはもう小躍りしたいほどに嬉(うれ)しいものだ。だって、リームは原作の中でも俺がかなり好きな方のキャラクターだ。

冷静沈着。常に主人公を支え、パーティーでは参謀のような立場で作戦を提案する事もあった。

それでいて、お化けが苦手、実は食いしん坊といった可愛(かわい)らしい一面もあり、何回か行われた人気投票では一位をとった事があるほどの超人気キャラクターだ。

だからまあ……リームと会えるのは嬉しいのだが、だからといって喜ぶわけにはいかない。

というのは、リームが原作の主要キャラクターだからだ。

つまりまあ、主人公のパーティーに入って、この世界を平和に導いてくれる存在であり、彼女がいなければ主人公パーティーの戦闘能力が大きく落ちる事になる。

仮に俺が仲良くなってリームとの仲も良好、とかになってしまうと、主人公パーティーに合流しない可能性が出てくる。

そうなったらどうなるか。……ゲームのエンディングに到達できなくなる可能性が出てくる。そしたら、魔王が世界を侵略するわけで……俺にとっても最悪な状況になる。

だから、俺が必要以上に彼女と関係を築く事はできない。……いくら、リームが好きなキャラクターだとしてもだ……！

そして、最高なのが……リームには、嫌われる必要があるという事。いや、最高ではなく最悪だ。何嫌われて悦（よろこ）ぼうとしているんだ！

リームはレイスくんの事が大嫌いで、最終的に婚約破棄をする事になる。

それから、リームは魔法学園へと通い、そこで主人公と出会い、あとは原作スタートだ。

つまり、もうすぐリームのストレスが限界に達し、鬱のような状態となり、彼女は自分の父に相談。

父はそんなリームを助けるため、この婚約をなかったものにしたいという話になる。

原作通り、リームと主人公を合流させるには、俺との関係をなくす必要があるというわけで……。

「……憂鬱だ」

好きなキャラクターに、嫌われるような行為をしなければならないわけで……それはちょっと嬉し——厳しいぞ？

というのも、会うたびレイスくんは横柄な態度と共にセクハラをしていたからだ。

それはもう、リームの豊満な胸を触ったり尻を触ったりと、その体を堪能していたのだ。

羨ましい……ではなく、けしからん。

なら俺もそれを継続すればいいという意見もあるかもしれないが、俺の心情的に厳しい……。

どうすっかなぁ、という最初の悩みに戻るわけだ。

レイスくんがそこまでリームに強気だったのは、うちが侯爵家で、リームは子爵家だからだ。

レイスくんの許嫁の家柄がそこまで高くないのは、家族からの嫌がらせなのだが……それでもリームは立場が弱く、それを利用してレイスくんはストレス発散がわりに好き勝手やっていたというわけだ。

何がどうストレス発散になっていたかというと、簡単だ。

美しいリームに嫌われるような行為を行い、自分自身を蔑んでもらいたかった。

それが、レイスくんのストレス発散方法。

レイスくんは、筋金入りの変態なのである。その時の事を思い返すと、それはもう口元が緩んできてしまいそうになるが……いやいや、落ち着け俺。レイスくんの性癖に体が乗っ取られそうになったのを必死に戻す。

もうリームは俺の事を十分嫌っているだろうし、これ以上は何もしなくていいだろう。

あんまりやりすぎて、主人公と一緒に俺を消そうとしてきたら嫌だしな。

リームとは月に一度程度会う予定で、ゲーム本編開始まであと一年ほど。

俺の婚約破棄が行われるのはもうすぐだろうし、会う回数は数えるほどのはずだ。

屋敷に呼んだザンゲルと軽く魔力の練習をしていると、屋敷内が騒がしくなっていく。

……どうやら、リームが来たようだな。まもなく、俺とザンゲルが訓練を行っていた部屋へと使用人がやってきた。

「レイス様、リーム様が来られました」

「分かった。ザンゲル、訓練に付き合ってくれて助かった。元の業務に戻ってくれ」

「分かりました……が、どうでしょうか？　リーム様にも訓練を見て頂くというのは？」

「……え？　どうしてだ？」

「……その。リーム様の家も武で成り上がった家です。聞くところによれば、リーム様もそれなりに戦えるそうですし、何か良いアドバイスをして頂けるのでは……と思いまして」

……なるほど。それはありかもしれない。リームもザンゲルほどレベルは高くないが
【指導者】のスキルを所持していたはずだ。

ゲームでは、二人同時に指導してもらう事はできなかったが……ここはリアルだし、もしかしたらさらに効果があるかもしれない。

「分かった。聞いてみようか」

「はい。もしも訓練を行うのであれば、いつも通り訓練場にいますので、声をかけてください」

「ああ、分かった」

すっと、ザンゲルは深く頭を下げて去っていき、俺はリームを迎えるために玄関へと向かう。

リームとはどのくらいの距離感で接するか。

……少し、緊張するな。一応、好きなゲームのキャラクターと会うわけだしな。

玄関に着くとリームがいた。

美しい銀色の髪が、備え付けられていた魔導ライトの光を反射するように輝いている。

長い髪を押さえていた、リームの視線がこちらへと向く。

笑顔……ではあるが、彼女の美しい青色の瞳には光がない。ここまで、感情のこもっていない笑顔を見たのは生まれて初めてだ。

……そして、ゲームでも見ていたが彼女の体はさすがだ。

リームの胸は豊かで、ゲームでの水着姿などを思い出し、一度落ちつくように深呼吸をする。彼女の体はもっと凄いんだぞ……いや、全く落ち着かん。

リームが俺の前に立つと丁寧に頭を下げてくる。

「本日は、わざわざお時間作って頂き、ありがとうございます」

リームの家は、武勲を立てて爵位を賜った家だ。そこまで、貴族としての教育はされていないと思うのだが、リームの所作はとても落ち着いている。

笑顔の仮面でもつけているんじゃないかっていうくらいの徹底ぶりに、俺はちょっとばかり寂しくなってきてしまった。

……いや、まあ嫌われたままである必要があるので……仕方ないんだけど。

「久しぶりだな。ここまで来るのに、問題はなかったか？」

「……えっ？　はい。転移石がありましたので……レイス様もお久しぶりです」

なんだか少し驚いたようにリームが口を開いた。

……転移石か。この世界には、ゲームで言うファストトラベルとして転移石があった。

街から街にはこの転移石で移動できるため、馬車などで移動するという機会はほとんどない。

彼女が驚いたのは、恐らくだがそういった当たり前の事を聞かれたからだろう。

「とにかく、何もなかったのなら良かった。来て早速だが……」

……また、セクハラでもされると思ったのかもしれない。

俺がそう言うと、リームは何か警戒した様子で唇をぎゅっと結んできた。

嫌悪感を必死に押し殺しているのが分かる。そのまま睨みつけてくれたら最高なんだが
……いや、最高じゃない。

……一度深呼吸をしたところで、「ぐう」という音が響いた。

「……今のは？」

「も、申し訳ありません……っ！　なんでもありませんから！」

……リームの方から、お腹(なか)がなる音が響いたように聞こえた。

そういえば、リームはよく食べるキャラクターだった。

「朝は食べていないのか？」

「た、食べましたが……そ、その……」

「空腹のままで倒れられたら困る。すまない、パンとかの軽く食べられるものを用意してもらえるか？」

「……かしこまりました」

俺が執事に声をかけると、執事はまだどこか緊張した様子で頷いた。

「……そ、そんな。私のために用意していただかなくても」

「いいんだ。気にするな」

「……」

……少し優しくしすぎてしまっただろうか？

とはいえ、腹減っている子を引きずり回すのもなぁ。

それから、俺の指示通りにメイドがパンの入った籠を持ってやってくる。

「好きに食べてくれていいからな」

「……あ、ありがとうございます」

リームは恐る恐る、といった様子でパンを食べていく。ホットドッグのような感じで中央を割って具を挟んだそれを口に運び、リームは目を輝かせた。

「美味しい、ですね」

「それなら良かった。それじゃあ、今日は外に行こうと思っててな」

「そ、外……？」

「ああ。最近は外で体を動かすのにはまっていてな……」

「……そ、それはまさか……！　外でのプレイを……ッ」

リームの顔が青ざめていく。一体何を言っているんだ、この子は……！

そ、外で衆目にさらされながら鞭で叩かれるというのも……いや、何を考えてんだ俺は！　くそったれが……！

そう言えば、リームは原作でもたまに暴走している事があった。自分の勘違いで顔を真っ赤にして、恥ずかしそうにしているシーンはゲームで見る分には可愛いのだが、直接ぶつけられた俺としては困惑しかない。

とりあえず、これ以上嫌われるのは想定外なので、すぐさま訂正する。

「……戦闘訓練を行っているんだ。これから隣の訓練場でやろうと思っていて、呼んでいきなりで悪いがどうだ？　少し見ていかないか？」

「……な、なるほど。そういう事でしたか。……レイス様が訓練を行うのでしょうか？」

リームはパンを一つ食べ終え、次のパンに手を出している。

……凄い速さである。

執事に視線を送ると、再び食事の用意へと向かってくれる。

「ああ、そうだが……何か変か？」

俺は普段のレイスくんの態度を思い出しつつ、少し厳しい視線を彼女に向ける。

「い、いえ、そういうわけではないのですが……少し意外でしたので」

「そうか。まあ、特に理由があるわけではない」

それだけ言って、俺はリームの先を歩くようにして屋敷を出て、隣の訓練場へと向かう。

区切られた敷地内では、今日も兵士たちが訓練に励んでいた。その端の方では、ザンゲルが兵士たちの様子を眺めていたのだが、こちらに気づくとすぐに会釈をしてきた。

「レイス様、リーム様。おはようございます」

「ああ、おはよう。さっき話していた通り、これからいつも通り、訓練をつけてくれ」

「分かりました」

ザンゲルが丁寧に頭を下げる。俺は、装備していた短剣を手に持ち、ザンゲルと向かい合う。

それから俺は、訓練を開始した。

……相変わらず、ザンゲルの動きは無駄がない。俺がどれだけの攻撃を加えても、そのすべてに対応してくれる。

今の全力を出し続けられる相手は中々いないものであり、俺がどれだけ環境に恵まれているのかが良く分かる。

強く地面を蹴りつけ、敏捷性を活かしてザンゲルへと連撃を叩き込んでいく。

……最近は、ランニングの効果でスタミナもついた。おかげで、多少無茶に動いてもすぐに息が切れるという事もない。

そうして、連撃を叩き込んでいくとザンゲルが強く剣を振りぬいてきた。

隙が、見えた。

その一瞬へと突撃するように、俺はさらに加速して地面を蹴り、ザンゲルの懐へと入った。

驚いたようなザンゲルだったが、即座に拳を振りぬいてきた。

その攻撃は、予想外だった。まともに喰らって殴り飛ばされてしまう。

「れ、レイス様⁉」

驚いたような声はリームのものだったか。俺はすぐに体を起こし、ちらとザンゲルを見る。

彼もまた、驚いたような顔をしていたのだが、俺と目が合うとすぐにポーションを持って駆け寄ってくる。

「だ、大丈夫ですか⁉　も、申し訳ございません！　止める事ができず……！」

「いや、いい。気にするな。全力でやってくれといつもお願いしているんだからな」

それに、身体強化を強めていたおかげで痛みは大したものじゃない。

第一、これでむしろいいんだ。

攻撃を喰らえば、防御系のステータスが上がっていくはずだろう。俺が最強キャラになるには、この訓練は避けては通れないものだ。

ただ、俺はそもそも意外と耐久力がある。

なぜか。ずっと鞭でのプレイをしていたからだ。

「訓練を再開しよう」

ザンゲルにそう伝えると、彼はゆっくりと頷いた。

「はい、分かりました」

どこか、嬉しそうに見えるのは……嫌いなヴァリドー家の息子を合法的に殴れたからだろうか？

まあ、理由は分からないが、今日の収穫としては十分か。

リームに会えて良かったし、リームに俺がやられるダサい姿も見せられた。きっと、ザンゲルが俺を殴った時にはスカッとしたんじゃないだろうか？

心の中では、俺の事を「だっさ！　きっも！」とか思ってくれたかもしれない。ああ想像したら興奮してきた……いや、しちゃダメだ！

……とにかく、これでさらに嫌われた事だろう。

直接、俺がリームに何かせずとも、周りを利用して評価を下げる。

これなら、俺の心を痛める事もない。

完璧だな。

……そして、リームは結局パンを十個ほど食べていたようだ。

ゲーム本編の食欲は健在のようだな。


私はリーム・ストライト。

ヴァリドー家の三男、レイス・ヴァリドー様と婚約している。

私がレイス様と婚約を結ぶのに至った理由は、色々とあった。

ストライト家は、ヴァリドー領内にあるストライトという小さな村の管理を任されていたのだが……ここ最近、村では不作が続いていた。

天候や魔物の影響が原因ではあるのだが、それでヴァリドー家へ納める税が減るという事はなく、村が危機的状況に見舞われた際、ヴァリドー家からある提案がなされた。

それは、レイス様の許嫁として私を差し出せば、「色々な面で優遇する」というものだった。

税はもちろん、貴族としての立場を約束するというものであり、私の父は非常に悩んでいた。

……ヴァリドー家は、あまりいい噂を聞かなかったから。だから、私の父はそれに反対していたのだけど、私はこれ以上父や村の人たちが苦しむ姿を見たくなくて、この婚約を了承した。

私は、このストライト村が好きだった。

落ち着いた村独特の匂いに、いつも癒やされていた。

だから、私の身一つで村が救われるのなら、いくらでも捧げるつもりだった。

父は最後まで渋っていたが、私の覚悟も理解してくれたようで、無事、私とレイス様は許嫁となった。

レイス様と婚約関係になってから、私の村は余裕が出てきて、今は税で苦しむ事もなくなった。

父は喜んでいて、私もその状況を喜んでいた。

……けれど、すぐに私にとっては大きなストレスが生じてきた。

それは、レイス様だ。

私としては、覚悟していたつもりだったけど、レイス様は想像以上に酷い人間だった。

『お前の価値は体だけだ』

『オレを嫌い、憎めばいい。オレは貴様の嫌がる姿を見るのが好きだからな』

そう言って、私をモノのように扱うレイス様に、私のストレスが溜まっていたのは確かだ。そして何より、私にとってもっとも大きなストレスになったのは、この事を誰にも相談できない事だった。

父には、『ヴァリドー家の事で、嫌な事があればいつでも相談してくれ』と言われていたけど……それで、婚約関係がなくなってしまえば、村の負担が今まで以上に増えてしまう事は想像できた。

だから、私は何をされても、村へ戻る時には笑みを浮かべるようにしていた。

『お前のようなロクに立場もない女に興味などない』

『オレはいつか、お前以上に素晴らしい女を手に入れてみせる』

『本当につまらない女だ、貴様は』

そんな風に、私のすべてを否定するレイス様に、心がずたずたになっていった。

いつものように月に一度訪れるヴァリドー家の屋敷。レイス様の家族たちは王都で行われるパーティーに参加するようで、数日は家を空けていた。

……それを知っていたからこそ、私はこの時期に面会の約束を入れていた。家族たちと会えば、また自分が馬鹿にされる事は分かっていたからだ。

少しでも自分の負担を減らすためにその数日を選び、屋敷に来た私は……レイス様の雰囲気に驚いていた。

屋敷に着いて挨拶した時も、普段のような下卑た笑みを向けてくる事はなく、憑き物が落ちたような顔でこちらへ微笑を向けてくる。

　さらにいえば、今まではどこかの部屋でレイス様に好き勝手色々とされていたのに、今回は一切何もされず、そのまま訓練場に向かって戦闘訓練。

　……私の家も、もともとは武勲で成り上がった家という事もあって、稽古をつけてもらう事はあったので、それを見ているのは非常に楽しかった。

　そう、楽しかった。

　ヴァリドー家にやってきてそう思ったのは、婚約関係を結んでの初めての挨拶の日くらいだった。

　……当時の私は、ヴァリドー家の悪い噂を聞きつつも、それこそ物語のお姫様のように、婚約者という立場に夢を抱いていた。

「どんな人が私の婚約者なのだろう？」「私の事、本当に好きになってくれるかな？」とかとか。

　今思うと恥ずかしい事ばかりを考えてウキウキしていた私の夢が粉々に砕かれたのは、初顔合わせから数分しての事だった。

　あれから、私はレイス様と会う事が本当に嫌になっていた。

　……戦闘訓練はかなり長時間続き、途中昼食などの休憩はあったが、ほとんど一日中訓練を見ている事になった。

「まあ、こんなところだ。見ていただけで暇だっただろう。すまないな」

「そ、そんな事はありません」

暇、という事はなかった。どちらかというと、訓練に参加したい、という気持ちがあったが……少なくとも、いつものようなセクハラ攻撃よりもずっと有意義な時間だったのは間違いない。

レイス様のふわりとした香りが届いた。彼の汗と彼が普段使っている石鹸だろうか？

それらが混ざり合った香りは、なぜか嫌ではなかった。

「ど、どうした？」

「……あっ、その……申し訳ございません」

その香りを嗅いでいたいと思い、少し顔を近づけてしまった私は慌てて一歩距離をとる。

「……？」

レイス様が不思議そうに首を傾げていたが、それから彼はタオルで汗を拭っていった。

いい香り、と感じたのは……は気のせいだろうか？


それから数日ほど屋敷に滞在していた私は、レイス様の訓練の様子を見守っていた。

……結局、レイス様が私に触れてくる事はなかった。

そして、同時に気づいていた……レイス様から感じられる匂いが変化している事に。

私は昔から匂いに敏感な方だった。例えば、嘘を吐いている事を、その人がかく汗の匂いから見抜く事ができる程度には敏感だ。

だからこそ、レイス様から感じられる匂いの種類が変わっている事にも、すぐに気づいた。

レイス様が訓練を行った後に生み出される彼の汗の匂いに、歪（いびつ）なものは感じられなかった。……今までの、下衆な笑みと共に漂ってくる臭いは私にとって最悪なものだったというのに、今の彼からはそれが一切感じられない。

これについて、私は調べる必要があると思った。

だから、村へと戻る最終日の訓練を見ていた私は、レイス様に声をかけた。

「レイス様。少しよろしいでしょうか？」

「なんだ？」

訓練を終え、汗をタオルで拭っていた彼に私は問いかける。

「そちらのタオルを頂いてもよろしいでしょうか？」

「……は？　な、なぜだ？」

「……少し、確認したい事があります」

「……確認したい事？　それにはタオルが必要なのか？」

「はい」

「ならば、洗ってあるタオルがあったはずだ。それを持っていくと――」

「ダメです。今、あなたが使ったそのタオルが、必要なんです」

ずいっと顔を寄せる。少し、無礼に当たるかもとは思いつつも、レイス様の顔をじっと覗き込む。

レイス様は驚いた様子でこちらを見てきて、それから困惑した様子でありながら、頷いた。

「そ、そうなのか……？　まあ別に減るものでもないからいいが……村に着いたら洗った方がいいぞ？」

「ありがとうございます」

レイス様がすっとこちらへとタオルを渡してきてくれたので、しっかりと受け取り……

私は村へと戻ってきた。

転移石を利用してストライト村へと戻った私は、大きく深呼吸をし、村の香りを楽しんでいた。

やっぱり、この村の香りが落ち着く。そんな事を思いつつ、ようやく周りに誰もいなくなったところで、私は受け取っていたレイス様のタオルを取り出した。

そして、鼻にそれを近づけ、嗅ぐ。思わず、目を見開く。

「……やはり――」

レイス様の汗の匂いを嗅ぎながら、私は眉根を寄せる。

……レイス様の匂いは嫌なものではなくなっている。

私は、昔から匂いに敏感だった。この匂いで、人の状態を見極める事ができるという密かな才能があった。

明らかに、以前とは違う。

それとも、レイス様は汗をかいた時に何か体液が変化するのかしら……？

……いや、それ以上に……何か、根本的なものの変化があるように感じた。

私は、レイス様の汗がしみ込んだタオルを鼻に押し付けながら家へと向かって歩いていく。

村で一番大きな建物へと着くと、父が困惑した様子で首を傾げていた。

「……ど、どうしたんだ、リーム？」

私がタオルに鼻をあてたままであったため、首を傾げていた。

私はそんな父に、レイス様のタオルを見せる。

「お父さん。こちらのタオルの匂い、どう思う？」

「ん？　……いや、汗臭っ!?　なんだこれは!?　……リームの香りではないな？　リームの香りならば、私が嫌がるはずがないし……それはなんだ？」

「……なんでもないわ」

私の体質は父の遺伝だ。父はなんでも、匂いを頼りに今は亡き母と結婚したそうだ。

この匂いの変化について、もっと考える必要がありそうだわ。

私は再びタオルに鼻を押し付けながら、真剣に考えていた。

第四章　冒険者リョウ

無事、リームの来訪イベントはクリアした。

彼女は結局三日ほど屋敷に滞在していたが、ほぼずっと俺の戦闘訓練を見て過ごしていた。

ふっ。訪れた婚約者がまるで興味なさそうな戦闘訓練をひたすら見せるという行為は、恐らく好感度的にかなりのマイナスとなるだろう。

彼女の内心を妄想すると、それだけで俺の体にゾクゾクと快感が流れてくる。

正直言えば、ゲームでも好きだったキャラクターの一人であるリームともっと仲良くしたい気持ちはあったけど、ゲーム本編通りに物語を進めてもらわないとこの世界的に困るので、致し方ない。

毎日のようにザンゲルとの訓練を行っていた俺は、ようやく……空間魔法を発動できるようになっていた。

俺の目の前には、黒い渦のような穴が空いている。そこに手を通し、もう一つ黒い渦を作ると、俺の腕がその先にひょこりと飛び出した。

空間魔法……それは点と点を繋げる魔法であり、滅茶苦茶簡単に言うとワープなどが使えるようなものだ。

色々と条件を調べてみると、どうやら一度訪れた事のある場所にしか行く事はできないようだが、それでも便利な事には変わりない。

「……やりましたね、レイス様……！」

ザンゲルが我が事のように喜んでくれた。なんだか、最近はザンゲルも親身に俺の訓練に付き合ってくれるようになったな。

「これも、訓練に付き合ってくれたおかげだ、ありがとう」

「いえ……すべてはレイス様ご自身の努力の成果です。私は何も」

……何を謙遜しているのだか。

俺が急成長できたのは、彼が【指導者】スキルを持っているからに他ならない。もちろん、俺自身の装備品による影響もあるにはあるが、俺の成長にザンゲルは必須だ。

ひとまず、空間魔法が使えるようになったので、今後はこれを使えば多少は自由に動けるはずだ。

その日のザンゲルとの訓練で、空間魔法についてだいたい理解した俺は早速、訓練を次の段階へと繋げるために動き出す。

目的はレベル上げ。

この世界に、ステータスやレベルという概念がどの程度あるのかは分からないが、基礎訓練で急成長できている以上、確実にそれらの要素はあるのだろう。

だからこそ、俺はこれからはレベル上げを行っていくつもりだった。

レベルを上げれば、単純にステータス全体の底上げになるからな。だが、俺が街から出る事は禁止されていた。

家族が、俺を街の外に出したがらないからだ。……つまりまあ、家族からの命令がなければ俺は外出ができないというわけで、街の外にいる魔物を狩る事ももちろんできるはずがなかった。

それを可能にするのが、この空間魔法だ。

俺は自分の姿を隠すよう外套をまとい、最後に仮面をつける。

鏡に映る自分を見ると、まるで暗殺者のような姿になっているのが確認できた。

これならば、俺とレイス・ヴァリドーを同一人物と認識できる人間はいないだろう。

各種装備品を確認した俺は、それから早速空間魔法を発動する。

……入り口はもちろんこの部屋。出口はヴァリドールの転移石にしようか。

転移石付近を思い浮かべ、そちらに出口を作ったところで、俺は穴を潜り抜けた。

黒い渦を抜けるのは、何とも表現できない不思議な感覚だ。

すぐに光が見え、俺は屋敷の外へと脱出していた。

……おお、成功だ。結構魔力は減ってしまったが、もう一度家へ戻るくらいの余裕はあるな。

ちらと背後の転移石を見ると、同じように黒い渦が出現して、この街へと訪れる人たちがいた。

……まあ、空間魔法の評価が低い理由はこれだ。空間魔法は今のような転移が可能な魔法だが、ファストトラベルで誰でも簡単にそれが行えるからな。

もちろん、戦闘で用いた場合は他の使い方ができるのだが、消費魔力が多すぎて現実的ではない。実際、今の俺だとまだ使えないだろうしな。

俺が目指す場所はギルド。

そこで冒険者登録を行うつもりだ。

……異世界転生したと分かってから、地味にやりたいと思っていた事の一つが、冒険者としての活動だ。

レベル上げついでに、この世界を楽しむつもりだった。

そして、あとは……知名度の獲得。

今後、冒険者として活動していき、冒険者の仲間を増やしていくつもりだ。

すべては、将来発生するであろうスタンピードに向けてな。

レイスくんのままでは、屋敷の中での信頼度は稼げるが、外は無理だ。

だから、そちらの信頼度はこれで稼いでいくつもりだ。

「……ギルドって、どっちにあるんだっけか」

事前に、調べてくればよかったぜ。

まあ今は、この街並みでも楽しもうか。

そんなこんなで、俺はヴァリドールの街を見て回る。……ゲームでは復興中のヴァリドールしか知らなかったので、何とも新鮮な気持ちだ。

異世界の街並みを見ているだけで、テンションも上がってくる。

こうして、特に目的なく歩いているだけで楽しい。

しばらく歩いていたところ――迷子になった。

お、落ち着け、俺。

最悪、空間魔法であれば、行ったことがあるところには戻れる。つまりまあ、自分の部屋や街の広場には帰れるのでどうにでもなる。

そんなこんなで俺が歩いていたところ……少し古い建物の前に着いた。

……ここは、児童養護施設か？

そんな事を考えていると、その施設から一人の女性が出てきた。

「わざわざありがとね、イナーシアちゃん」

「いいんです、気にしないでください」

……その姿を見て、俺は驚いた。

鮮やかな桃色の艶やかなツインテールの髪に、皺一つない健康的な肌。

目鼻立ちがはっきりしており、少し吊り上がり気味の目じりは今は笑みで和らいでいる。

自信に満ちた表情と、どこか自由奔放な雰囲気で、ツインテールの髪を風になびかせながら歩いてくる彼女。

……イナーシア。

イナーシアは、ゲーム本編に出てくるキャラクターではあるが……仲間にしなくてもクリアできるキャラでもある。

この『ホーリーオーブファンタジー』には、ストーリー上必ず仲間になるキャラクターが四人と、寄り道すれば仲間にする事ができるキャラクターがいる。イナーシアは寄り道しないと仲間にできないキャラクターなのだが、リームに匹敵するほどの人気キャラクターだ。

彼女の設定としては、児童養護施設の出身であり、さらに旅先の児童養護施設の人たちに顔が知られているほど、あちこちの施設で人助けをしている子だ。

……だから、イナーシアがパーティーにいる間は児童養護施設のベッドを無料で使えるため、ちょっとだけお金を節約できる。

まあ、そんなこんなで面倒見のいい彼女が……まさか、ヴァリドールにいるとは。

少し驚いてそちらを見ていたからか、イナーシアがこちらに気づいた。そして、ちょっと警戒した様子で俺を見てきた。

そりゃあそうか。外套に仮面の暗殺者スタイルなのだから、警戒されるわな。

「……あんた、ここで何しているのよ？」

……原作キャラクターとのまさかの邂逅に驚いていた。

あんまり、深く関わりすぎない方がいいよな？　とは思いつつ、ここで逃げ出した方が変な印象を与えるだろうと仕方なく対応する。

「……いや、その。ちょっと迷子になってな」

「迷子って……どこ行きたかったのよ？」

「ギルドに行こうと思っていたんだが……街を見て歩いていたら、迷子になってな」

「街を見て歩いていたらって……あんた、ヴァリドールに来た事ないの？」

「ああ。……しばらく田舎にいてな」

「それで、ウキウキしたと？」

そう言われると、都会に出てきたおのぼりさんみたいに聞こえるからやめてほしいんだが。

「いや、違う。見慣れない街……にまあ、そのなんというか……」

「ウキウキしたんでしょ？　まったく。ギルドはこっちじゃないわよ。転移石広場の西よ。ちょうど、ギルドに行く予定だったからついてきなさい。案内してあげるわよ」

「……助かる」

西、か。俺は東からぐるりと回っていたので、正反対の方向へ歩いていたようだ。

彼女と共に歩き始めると、視線がすっとこちらを向いた。

「あたしは、イナーシアよ。あんたは？」

「俺は……リョウだ」

さすがに、偽名を使っておいた。特にこだわりはないが、前世の名前だ。

「リョウね。なんか聞きなれない名前ね」

「よく言われるな」

「その恰好(かっこう)は何？　暑くないの？」

「あんまり、人に姿を見せたくなくてな」

それにちょっと、カッコよさも意識してのものだ。

俺がそんな事を思っていると、イナーシアはふーんと特に興味なさそうな声を上げる。

しばらく歩いていったところで、大きな建物が見えてきた。

「ほら、ここがギルドよ。あの看板が目印ね」

「……了解だ」

イナーシアと共にギルド内へと入っていく。

外からでも分かったが、中はかなり活気に溢(あふ)れている。職員はもちろん、冒険者と思われる人たちもせわしなく動いている。

職員の一人がこちらに気づくと、声をかけてきた。

「あっ、イナーシアさん！　本日もクラン『ドラゴンレイヴンズ』からの依頼きてますよ！」

……『ドラゴンレイヴンズ』か。

原作でも出てくるクランの一つだが、このヴァリドールでも活動していたんだな。

イナーシアって冒険者生活が長いからなのか、クラン連合の街などでも知り合いが多かった。

たぶん、こういった仕事を受ける事が多かったからなんだろう。

「また新人の面倒を見る奴(やつ)よね？　分かったわ、やっておくわね。それと、こっちの人が新しく冒険者登録したいんだって。ちょっとおっちょこちょいな感じもするから、相手してあげて」

ぐいっとイナーシアが親指で俺を指さしてくる。

……ちょっと迷子になっただけでずいぶんな言い草だ。

「分かりました。それでは、こちらへどうぞ」

「んじゃあね、リョウ。あたしは依頼受けてくるから」

「ああ、助かった。ありがとう」

「お礼はあとでなんか仕事でも手伝ってくれたらそれでいいわよ。それじゃあねー」

イナーシアは去っていき、俺は職員の案内のもと、受付にて冒険者登録を行って……あっさりと終わった。

「それではリョウ様。冒険者生活、頑張ってくださいね」

受付が笑顔と共に冒険者カードを差し出してきたので、それを受け取る。

冒険者カードには、俺の偽名である『リョウ』という文字と、俺の冒険者ランクを示す、Gという文字が刻印されていた。

準備を終えた俺は、早速近くの掲示板に張り出されている依頼を見てみる。

……おっ、ちゃんと『静寂の洞穴』に関する依頼もあるな。

別に、依頼を受けるつもりはない。ここを確認していたのは、今どのようなダンジョンが街の近くにあるかを確認するためだ。

『静寂の洞穴』というのは、ゲーム内にも登場するダンジョンだ。

ヴァリドール近くにある『悪逆の森』とは違い、赤い渦の入り口があり、そこからダンジョンへと入る事ができる。

こういった赤い渦のダンジョンは、ゲームのサブクエストなどで使われるダンジョンであり、寄り道要素の一つだ。

無理に立ち寄らなくてもストーリー上は問題ないが、立ち寄る事でストーリーを有利に進められるアイテムが手に入ったり、経験値効率の良い魔物と出会えたりする、という感じだ。

早速、『静寂の洞穴』で魔物狩りを行うため、街の外へと向かう。

『静寂の洞穴』は、ゲームの序盤でも訪れる事ができる低難度のダンジョンなのだが、出現するストーンラビットという魔物が、成長のネックレスというアイテムをドロップしてくれる。

こいつが、超重要だ。ドロップ率が非常に低いのだが、装備していればもらえる経験値が跳ね上がり、ステータスの上昇にも大きな補正が入る優れものだ。

今後の俺の成長効率を上げるためにも、ぜひとも狙いたい装備品だった。

俺は街の外へと向かい、それから『静寂の洞穴』へと歩いていく。

……街の外に出た俺は、少し景色に感動していた。

ゲーム内で見た景色が、そのまま広がっていたからだ。

ヴァリドールの街は、ゲームでは復興途中だったのでそこまでゲームの世界に転生したという感覚はなかったのだが、このフィールドの景色はゲームそのもの。

街を見ていた時も思っていたが、本当に俺はゲームの世界に転生したんだなという気持ちが改めて出てきた。

嬉しい気持ちはあったが、同時に気を引き締め直す。

ゲームの世界に転生したという事は、破滅の未来だって訪れるわけだからな。

聖地巡礼のような気持ちと共に『静寂の洞穴』へとやってきた俺は、そこにあった赤い渦を抜け、ダンジョンへと入っていった。

……ダンジョン内は、それまでとは明らかに雰囲気が違う。

洞穴の中は深い静寂に包まれていた。真っ暗……ではないが視界はあまり良くはない。それでも明かりはあった。至るところに埋め込まれた魔石が、電球のように光を発している。

少しだけ緊張したが、すぐに俺は歩き出す。……『静寂の洞穴』はダンジョンのチュートリアルで使われるような低レベルのダンジョンだ。

ザンゲルとの訓練によって強くなった今の俺ならば、恐らく問題はないだろう。

俺は脳内の地図を利用して『静寂の洞穴』を進んでいき……ストーンラビットが出現するエリアを目指す。

このストーンラビットが出現する区画は非常に狭い。

というのも、ストーンラビットは本来このダンジョンでは出現しない設定だったらしいのだが、何でも設定ミスで本当に一部だけで出現するようになってしまっている。

ゲーム知識がなければ、エンカウントさえできないレアモンスターだ。

その場所は『静寂の洞穴』の左の通路を進んだ突き当りの空間の左端。この一か所だけが魔物の出現場所になる。

途中、運がいいのか悪いのか魔物と遭遇する事なく目的地に到着した俺は、左端の角に立ち、それから足踏みを行う。

……きっとシュールな光景だろう。『ホーリーオーブファンタジー』攻略者ならば誰でも経験するこの場での魔物狩りなのだが、リアルでやるとなんたる光景か。

もしも他の人に見られたら、頭のやべぇ奴だと思われるだろう。

その相手が女性冒険者だと思ったら……やべぇ、興奮してきてしまった。いや、考えるんじゃない、俺。

その場で元気よく足踏みをしていると……目の前に霧のようなものが集まってくる。

……これは、魔物が出現する時に発生するものだ。

霧はやがて一か所に集まると、そこからストーンラビットが出現した。

「しゃあああ！」

好戦的な声を上げ、こちらを睨みつけてくるストーンラビット。俺は早速、戦闘用に準備した短剣を両手に持ち、ストーンラビットと睨みあう。

……初めての、実戦だ。少し緊張するが……やれるはずだ。

軽く深呼吸をした後、俺は地面を蹴った。

俺が一瞬でストーンラビットへと迫ると、ストーンラビットは驚いたように目を見開いていた。

だが、反応は速かった。こちらを迎え撃つように、鋭い爪を振りおろしてくる。

……動きははっきりと見えている。

その攻撃をかわしながら、俺は両手に持った短剣を振り抜いた。

ストーンラビットの体へと深く突き刺さり……切り裂いた。

「……しゃあぁぁ」

一撃。ストーンラビットの消え入りそうな声が響くと、その体が霧のようなものを生み出して消えていった。

その後には一つのアイテムがドロップしていた。

魔石、か。これは必ずドロップする換金用のアイテムだ。大した金額ではないが、とっておいて損はない。

「とりあえず……何とかなったな……！」

初めての戦闘を終え、高揚感に包まれていた。なんだかやっと、異世界に転生したという実感が湧いてきたぞ。

とはいえ、高揚感に浮かれたままではいけない。戦闘はクールに行う必要がある。何度か深呼吸をしてから、俺は再び隅に行き、足踏みを再開。

出現したストーンラビットを狩っていった。


それから一時間ほどストーンラビット狩りをしていたが……まだレアドロップはなし。

とりあえず、獲得した素材は一度空間魔法内にしまっておく。

だが、今の俺の魔力だとしまっておける量にも限界があるようだな。

今日の目的は達成したたし、切り上げるか。レアドロップは、また今度狙おう。

ストーンラビットの肉は、ゲーム本編でも料理の素材として使われていたなぁ、とかのんびり考えながら屋敷へと戻った。

まだ暗くなるまで時間があるので、ザンゲルに訓練でもしてもらうかとか思って屋敷を歩いていると、そのザンゲルを見つけた。

ザンゲルは料理長と話をしている。ザンゲルと同じくらいの歳の人で、確か名前はリオだったか。

リオはどうにも焦った表情であり、ザンゲルも難しい顔をしている。少し気になった俺がそちらへと歩いていくと、ザンゲルとリオがこちらに気づいた。

ザンゲルはすっとこちらに頭を下げ、リオはどこか慌てた様子で俺に頭を下げる。

まだまだ屋敷内での俺の評価はこんな感じだ。よく接する人との仲はそれなりに改善したが、普段あまり関わらないリオのような人には警戒されてしまっている。

リオに話を聞いても話しづらいだろうし、ここはザンゲルに問いかけてみよう。

「何かあったのか？」

「それが……ライフ様が突然魔物の肉を食べたいとおっしゃいまして……魔導冷蔵庫に保存もしていなかったので何とかならないかと相談を受けていまして」

それで、困っていたのか。

というか、普段食事に文句をつけていなかったくせに急にわがままな事を言いやがって。

「このままだと、オレ……クビになっちゃいますよ……この前子どもが生まれたばかりなのに……。こんな時に限って、転移石の調子が悪くて他の街に買い出しにも行けないし……！」

ああ、そうだったのか。

リオは今にも泣きそうな顔でザンゲルに訴えて、ザンゲルがその肩をとんと叩いている。

「焦るな、リオ。今兵士に近場で魔物が出ていないかを確認しに行ってもらっているところだ。何とかなるはずだ」

……魔物の出現か。この世界の魔物は、繁殖とは別に魔王によって召喚されているらしい。

ゲームの仕様のためかどうか知らないが、緊急クエストなどといった形で本来その地域に出現しない魔物が確認された場合は、魔王によって生み出された魔物だとギルドは判断するそうだ。

……まあ、そもそもゲームでも詳しい説明はなく、『そういったもの』として扱われていたので俺としても深くは知らない。

一応、ゲームの攻略本などでも触れてはいたのだが、人々の負の感情が高まると魔物を生み出せるらしく、そういった地域では緊急クエストが多く発生するように設定しているそうだ。

つまりまあ、ヴァリドー領内の事なんだけどな。

だから、何とかなるかもしれないが……そこで俺はリオに問いかける。

「……ライフは魔物の肉にこだわりはなかったのか？」

「え、ええ……まあ」

「それなら、この素材を使ってみてくれないか？」

俺は先ほどしまっておいたストーンラビットの肉を取り出す。

ザンゲルは不思議そうにこちらを見てくる。……俺がどうして魔物の素材を持っているのかという疑問があるのだろう。

とはいえ、今それを指摘する事はなく、リオが俺から渡された素材を手に取る。

魔物の肉などのドロップ品は、表面を魔力の膜が覆っているため、直接触れても問題はない。

調理する際、その魔力の膜を割る事でようやく素材として使う事ができるそうだ。

「こ、これは……？」

「ストーンラビットの肉だ」

「……ストーンラビット、ですか。確か、それって結構堅いお肉ですよね……？」

「そうだが……シチューとかで煮込めば美味しかったはずだぞ」

ストーンラビットのシチューという料理がゲームでもあった。筋力を大幅に上げてくれる補正もあるので、中盤までのボス戦前ではよくお世話になったものだ。

そんな事を考えていると、リオが顎に手をやる。

「シチューですか……」

「ああ、それとリフレッシュグリーン、スパイスブロッサムを一緒に使えばより味がうまくなるはずだ」

……それが、ストーンラビットのシチューを作るための素材だった。

俺の話を聞いて、リオが首を傾げて問いかけてきた。

「リフレッシュグリーン……ですか？　あれは、ただ香りづけをするためではなかったでしたっけ？」

……え？　その程度の認識なのか？

まあ、そもそもさすがに料理素材の詳しい効果までは覚えていない。あくまで、料理によるステータスアップなどしか覚えていなかったので、俺は誤魔化すための嘘を吐く。

「そうなのか？　どこかの本でリフレッシュグリーンというハーブでストーンラビットの肉を調理するとうまくなると見た事があったが……」

「……そ、そうなんですか……？　い、一応試してみますが……」

「そうか。それなら、ストーンラビットの肉をキッチンに送っておこう。自由に使ってくれ」

「わ、分かりました！　レイス様、ありがとうございます！」

「いや……気にしないでくれ。そもそもは、俺の家族のわがままが原因なんだからな」

マッチポンプではないのだが、何ともそれに近い状況でお礼を言われて、ちょっと複雑な気分だった。

料理長がキッチンの方へと去っていったところで、ちらとザンゲルがこちらに視線を向けてくる。

「レイス様、助かりましたが……どうしてストーンラビットの素材を持っているんですか？」

「……少し、空間魔法を使って外に出ていてな」

「……一人で、魔物狩りをしているのですか？」

「ああ、まあな。安心しろ。正体は隠して行動しているから、特に何か言われる事はないだろう。俺の見張りをしている兵士たちには、一応黙っているように頼んでくれたら嬉しいんだが……」

そうすれば、俺が外に出ている、と兵士たちが叱責される事はないだろう。

ザンゲルは首を横に振ってから、改めてこちらをじっと見てくる。

「それは分かりましたが……無茶はしないようにしてください」

「ああ、分かっている。それで、まだ夕食まで時間があるから稽古をつけてもらいたいんだが……お願いできるか？」

少し驚いた。

以前のザンゲルならば、俺の心配なんてしなかっただろうし。

それが、心配してくれたのだから……少しずつ変わってきていると思う。

「分かりました。訓練場に向かいましょうか」

ザンゲルの言葉に頷いてから、訓練場へと向かう。

すれ違う兵士たちに挨拶をされながら、俺は彼らの訓練の様子を眺める。

「以前よりも、皆の動きが良くなったな」

「はい。レイス様に行っているように基礎訓練の開始を告げ、個別指導を徹底してからは……何とも効率が良くなったようでして、皆が力をつけているんです」

「……そうか」

「恐らく、メリハリがついているのでしょう。これも、レイス様のおかげです」

お、おう……そうだな。

まさか、ゲームの仕様を発動するためにわざわざ言葉にしないといけないとはな。

とはいえ、これでヴァリドール兵団全体の底上げにも繋がるだろうし、俺としては悪い事はないだろう。

「この事については、騎士団にも共有しようかとも思っているんです」

「騎士団に？」

「はい。騎士団も、人によって伸び悩む事がありましたので、このようにすれば今以上に実力がつくはずですからね」

「……そうだな」

まあ、そっちは別にどうでもいいか。

俺には関係ない事だしな。

「あとは、もう少し軍事費があれば装備品などの強化もできるのですが……」

「……それは、まあすまない」

「いえ……その、レイス様への不満という事ではなくてですね」

ザンゲルが慌てた様子で頭を下げてきた。

それから少しして、リオが訓練場へとやってきた。

「れ、レイス様！　ストーンラビットの肉の調理、うまくいきました！　これ、味見用になります！」

……リオはどうやら嬉しかったのか、俺のためにシチューを少し持ってきてくれたようだ。

俺はスプーンと共に渡されたそのシチューへと口をつけ、

「……うまいな」

シチューは前世で何度も食べた事はあったのだが、このストーンラビットの肉やリフレッシュグリーンなどの素材が影響しているのか、滅茶苦茶(めちゃくちゃ)うまい！

俺がどんどん食べていくと、リオは嬉しそうにこちらを見てきた。

「どうした？」

「……いえ、その。レイス様が美味しそうに食べてくれるので、少し嬉しくて」

……まあ、うちの家族は平民の作った料理を褒める事はないからな。

「そうか？　滅茶苦茶うまいぞ、今後も作ってほしいくらいだ」

「はい！　素材がある時はぜひとも作らせてもらいます！」

リオはすっかり俺を警戒する様子もなくなり、元気よく去っていった。

よし、ストーンラビットを狩る楽しみがまた増えたな。

そんな事を考えながら、俺は訓練を再開した。

ストーンラビット狩りによる楽しみが増えたとはいったが、だからといってずっと狩り続けるのは苦痛……という事はなかった。

……前世でもそうだったが、こういった地味な作業は好きだった。

さらに言えば、レイスくんとしてのドM体質もあるのか。この現状を俺は非常に楽しんでいた。

とはいえ、早いところ成長のネックレスがドロップしてほしいという気持ちもあるんだけど。

ゲームならば、連射コンで放置し、次の日にでも確認すれば獲得できていたのだから、現代の技術って便利だ。

そんな事をぼんやりと考えながら、今日も自分の体を痛めつけるようにストーンラビットを狩り続けていると――。

魔石とは別に、一つのネックレスがドロップしたのを確認した。作業のようにストーンラビットを狩っていたせいで、ドロップアイテムへの反応が遅れてしまう。

思わず二度見し、そしてすぐさまドロップアイテムへと駆け寄る。

これは……間違いない……！　何度もゲームでお世話になった成長のネックレスだ！

「キタアアア！」

ネックレスを拾い上げた俺は、一週間ほどかかった作業を思い出していた。

結構、かかったな。

たまにぼーっとしていたせいでストーンラビットのタックルを喰らったりもしてしまったものだ。

だが、そんな日々とはもうサヨナラだ。早速ネックレスを着けた俺は、ほっと軽く息を吐いてから、空間魔法を発動する。

入り口を目の前に、出口を転移石へと繋いだ。

アイテムは手に入り、レベルも最低限上がったし、次の段階に進んでもいいだろう。

俺はヴァリドールの街へと戻った。

それからギルドへと向かい、いつものように回収していた魔石と素材を売却する。

「あっ、リョウさん。今回の納品でFランク冒険者への昇格になりますね」

「そうか」

……『静寂の洞穴』の素材を売却していたところ、昇格の条件を満たしていたようだ。

ギルドにはいくつもの依頼があり、その中には素材の納品なども含まれる。

たまに、『静寂の洞穴』の別の魔物を気晴らしに狩っていたところ、いくつか依頼が達成されたようだ。

冒険者ランクに関しては、依頼を達成した時のポイントが一定数に達すれば自動で上がるというものだ。ゲームではあとどのくらいで上がるかが分かったが、この世界ではそれは公開されていない。

ギルド側で管理しているそうで、それが公開される事はないとの事。

職員がパソコンのような箱型の魔道具に冒険者カードを差し込むと、そこにカードが吸い込まれる。

それから少しして、ピピピという音と共にカードが出てきて、職員がこちらへと差し出してきた。

笑顔と共に渡してきた彼女からカードを受け取ると、確かにGという文字がFという文字に変わっていた。

用事も済んだので屋敷に戻ろうかと思っていると、ちょうどそこでイナーシアを見つけた。

向こうもこちらに気づいたようで、気さくな様子で手を挙げてきた。

「あっ、リョウじゃない。何？　ランク上がったの？」

「ああ、無事な」

「へえ、滅茶苦茶早いわね。凄いじゃない」

「ありがとな。イナーシアは、今どのくらいなんだ？」

ゲーム本編ではBランク冒険者だったが、今のランクはどのくらいなんだろうか？

ふと浮かんだ疑問を問いかけてみると、彼女は笑みと共に口を開いた。

「Cランクよ。もう少しでBランクに上がれるかも？　って感じね」

「凄いな……それじゃあ、今はランク上げのために依頼を受けているってところか？」

「ランク上げっていうか、お金稼ぎね。ただ、なんか転移石の調子が悪くてまったく起動しないらしくてねぇ。今日は街に泊まっていかなくちゃいけなくてね。あんたってどこに泊まってるの？」

転移石の不調、ね。

ゲーム本編でもストーリーの進行中などではファストトラベルができないんだよな。

ゲームの都合、なんだろうけど、この世界ではそういう風に解釈されているようだ。

「……それはだな。……というか、イナーシアはヴァリドールに泊まっていないのか？」

彼女は自分の出身である児童養護施設で寝泊まりしているのを俺は知っていたが、話題をそらすために質問する。

……だって、ヴァリドー家の屋敷が俺の拠点です、なんて言えるわけがないし、そもそも宿の名前とかもまったく知らないわけだしな。

「ええ、そうよ。別の街の児童養護施設でお世話になってるのよ。色々と面倒見ているからか、部屋一つ貸してもらっちゃってるのよ」

「そうなんだな」

「それで？　リョウはどこの宿に泊まってるのよ？　いいところがあったら教えなさいよ」

また、その質問に戻るなんて。

ば、万事休すか。

そんな事を考えていた時だった。

いきなり、ギルドの入り口が開け放たれ、二人の男性がギルドへと入ってきた。

血相を変えた様子で入ってきたのは、なんだかもっさりとした服装の兵士と……もう一人、クランのマークを示すようなバッジをつけた男性だった。

「『ドラゴンレイヴンズ』の人とどこかの街とかの兵士かしらね？　何かあったみたいね」

イナーシアが首を傾げながらそう言ったところで、すぐに彼らは受付へと向かう。

それから、慌てた様子で何かを話すと、職員も何やら慌ただしく動き出す。

そして、さらにバタバタとした様子で何やら気の弱そうな人がやってきて、あわあわとした調子で話をしていた。

「……で、ですので……今、ギルドリーダーがいなくて……サブリーダーの私にその判断は出せないと言いますか……な、何かあったら私の責任になってしまうと言いますか……」

サブリーダーでは裁量に限界があるため、これ以上はどうしようもないのだろう。

とはいえ、それで納得してもらえるはずもなく、兵士と思われる男性が叫んだ。

「緊急依頼なんですよ！　魔王が生み出したハイウルフたちが、ストライト村を襲っているんです！」

「今は結界を展開してなんとかなっていますが……時間の問題ですよ！」

続いて、『ドラゴンレイヴンズ』所属の冒険者と思われる男性が叫んでいた。

……ストライト村、だって？

ストライト村といえば、リームが暮らしている村じゃなかったか？

うん……そうだ。レイスくんも一度だけ、リームの故郷に行った事があったので覚えていた。

その時は記憶は残っているのだが、あまり思い出したいものではない。だって、レイスくんとして、リームの好きな村を散々に罵倒していたからだ……。

その時はリームの笑顔もさすがに消えていて……それを見て優越感に浸っていた当時のレイスくんの気持ちまでも思い出し、憂鬱になってきたぞ？

……い、今はそれを脇に置いておこう。問題は、ストライト村で発生したハイウルフだ。

「『ドラゴンレイヴンズ』の方でた、対応できないのですか？　ストライト村は、『ドラゴンレイヴンズ』の方々が警備を担当してくれてましたよね？」

汗を流しながら、サブリーダーが声を上げる。それに対して、冒険者は悔しそうに顔を歪めた。

「こちらで最低限の戦力は用意しています。ただ、現在別の依頼を受けているため、主戦力の人はだいたいヴァリドールを離れてしまっているんです！　ギルドから、正式に緊急依頼として発注して頂けないですか⁉」

「で、ですが……わ、私はその……」

サブリーダーは……その責任を負いたくはない様子で、決断できないようだった。

俺は二人の会話を聞きながら、ゲーム本編の出来事を思い出していた。

……まさかこれって……リームの父が死ぬイベント、ではないだろうか？

ハイウルフたちとの戦闘で、リームの父は亡くなってしまい、それからはリームが領主代行として村の管理を行っているとかなんとか。

もともと、リームの家はヴァリドー家から領地の一部を任されているわけで、正確に言えば領主様ではないんだけど……とにかく、もしかしてゲーム本編で語っていた内容ってこれに該当するのでは？

いつリームの父が死んだのかは知らなかったが……主人公と出会った時には死んでしまっていたので、時期的にはあり得る話だ。

すぐ助けに向かいたい気持ちはあったのだが、俺の冷静な部分が待ったをかける。

……もしもここで助けてしまうと、原作のストーリーから変化してしまう部分もあるのではないだろうか？

原作から大きく乖離するような事になると、世界が俺の想定していなかった方向へと進んでしまう可能性がある。

何より、原作のリームが背負っていた覚悟や重み。それがあったからこそリームのたまに見せる可愛らしい一面がより輝きを増していったとは思う。そして、それらは、彼女が父を失ったからこそ生まれたもののはずだ。

だから、原作ファンならば放置した方がいいのかもしれないが……嫌だな。

ゲーム本編通りにしたいからって、助けられるかもしれない命を無視したくはない。

それに……俺にとってリームは好きなキャラクターの一人だ。

……その子が、純粋に笑っていられる未来に変えられるのなら、動かない理由がない。

第一、俺がレイスくんに転生している時点で、ゲーム本編通りにはいかないだろう。

だったら、少しでも悲しみを減らしてやりたい。

ただのハッピーエンドではなく、谷のない、幸せが続くだけの物語にしてしまったって
……いいだろう？

「少しいいか？」

「……え？」

「ストライト村のハイウルフ討伐だったな？　俺も手伝おう」

「……え？　で、でも……依頼とかじゃなくて……」

「大丈夫だ。ストライト村には知り合いがいてな。……すぐに助けに向かいたい」

そう言っておけば、向こうだって深くは追及してこないだろう。

俺の問いかけに、『ドラゴンレイヴンズ』の男性が不安そうに問いかけてくる。

「あ、あなたのランクは……どのくらいですか？」

「……Fランクだ」

「……F」

……だ、だよな！　冒険者ランクだけ聞いたら、ハイウルフの相手にもならない事は分かるだろう。

今すぐ手っ取り早く力を示す手段……何かないかと考えた俺は、その場で自分の持つ魔力を放出するように身体強化を放つ。

俺がこの世界で初めて力の差を理解したのは、ザンゲルと訓練を行った時だ。

　だからこそ、今同じ事をしてみたのだが……。

「……っ⁉」

　目の前にいた冒険者が目を見開いていた。

　彼だけではなく、周囲にいた他の冒険者たちの視線も集めている。

　どうやら、成功したようだ。

「冒険者登録を行ったのはつい最近でな。冒険者としては新人だが、戦闘に関してはそれなりに経験がある。戦力が少しでも必要なんだろう？」

　俺がまっすぐに彼へと視線を向ける。

　男性は俺の全身をじっと見てくる。

　今も、隙を見せないように振る舞っている。それで、どうやらある程度の実力があると判断したのか、彼は納得したように頷いてからこちらを見てきた。

「……分かりました！　あなたにも、お願いします！　クランのメンバーはもう集めています！　すぐに出発しますので、ついてきてください！」

「分かった」

　……転移石が使えない、とイナーシアが話していたし、移動は馬車とかになるだろう。

　さすがにそれでは、間に合わない可能性がある。

　何人いるのか分からないが……俺の空間魔法でまとめて移動した方がいいよな。

　そんな事を考えていると、イナーシアが俺の隣に並んだ。

「んじゃ、あたしも手伝うわよ」

「……いいのか？」

「『ドラゴンレイヴンズ』には色々と仕事をもらってるお礼もあるしね」

……それは、頼もしいな。

イナーシアがウインクをすると、冒険者の顔もぱっと明るくなる。

「い、イナーシアさんが来てくれるなら……心強いです！　ありがとうございます！」

……イナーシアの評価はかなり高いんだな。

俺の時とは比べ物にならないくらいの明るい反応で、ちょっといじける。

彼らと共にギルドの外へ出ると、『ドラゴンレイヴンズ』の人と思われる冒険者たちが集まっていた。

総勢、十名ほどか。馬車も二台、準備されていて……出発の準備は万全という感じだ。

「ローンさん！　馬車の用意は完了しています！」

……冒険者の人は、ローンという名前のようだ。

ローンが何かを言うより先に、俺は空間魔法を展開する。

突然現れた黒い渦を見て、ローンが驚いたようにこちらを見てきた。

「な、なんですか、それは？」

「馬車での移動だと、時間がかかるだろ？　俺の魔法は、一度行った事のある場所なら転移石のように移動できるんだ。これで、ストライト村までを繋げた。中を潜れば、すぐに到達できる」

「え⁉」

驚いたように声を上げたローンは、信じられないものでも見るかのような視線を向けてきた。

集まっていた『ドラゴンレイヴンズ』の人たちも、どこか疑うような目で見てくる。

……まあ、仕方ないよな。

先に俺が行ってみせるべきだろう。

「ついてこい。今すぐ、村まで移動する」

俺の言葉に、まだどこか戸惑いを見せていた彼らだったが、俺の隣にイナーシアが並ぶ。

「これでさっさと行けるのよね？」

「ああ、そうだ」

「よし、行ってみようじゃないの。ほら、さっさと準備しなさい」

イナーシアがそう言うと、『ドラゴンレイヴンズ』の人たちは顔を見合わせてから、こくりと頷いた。

……イナーシアの信頼度はかなりのもののようだ。

それから俺たちは、黒い渦へと足を踏み入れた。


「……リーム。魔物との戦闘自体は、初めてだったな？」

父に呼ばれた私は、そちらへと顔を向けてから余裕の笑みを浮かべてみせる。

「ええ、そうね。……でも、大丈夫よ。毎日、何度も訓練していたのよ？」

……強がり、ではあった。正直言って、今もとても緊張していた。

「訓練と実戦は違う。難しいと思ったら、戦場から離れるんだぞ。動けないまま戦場にいられたら、足手まといになる」

「……大丈夫よ。私は、お父さんの娘なのよ？」

そう返しながら私は結界の内側から、魔物たちの様子をじっと眺めていた。

村は防壁に覆われていて、容易に魔物が侵入できないようになっている。

村の北と南にはそれぞれ門があるのだが、結界はその部分を中心に展開されていた。

……武器を持った私たちは、ハイウルフたちが結界に向かって攻撃を放っている様子を、眺める事しかできない。

……結界は、内側からの攻撃もすべて弾いてしまうからだ。

あくまで、一時的に敵の動きを止めるためだけのものであり、その間に戦力を整えるために使われるものだ。

結界は攻撃されればされるほど、その強度が下がっていくため、ハイウルフたちの攻撃を何度も受け続けてしまっている現状では、当初の時間よりも展開できる時間は短くなっているだろう。

「ボリル様！　結界の燃料である魔石がつきました……！」

「……そうか」

……父の眉間に皺が寄る。

まだ、兵士が村を出てから三時間ほどしか経っていない。

想定よりも、ずっと早い。

それだけ、ハイウルフたちが継続的に攻撃してきているのだ。

「ハイウルフどもめ……」

ハイウルフたちは、まるで結界の限界を知っているかのように、さらに攻撃を加えてくる。

何度も何度も連続で攻撃を仕掛けてくるハイウルフたちに、私だけではなく兵士たちもどこか気おされている。

……結界越しでも分かるわ。このハイウルフたちが、そんじょそこらの魔物とは違うって事は。

私がぐっとレイピアを握りしめた時、父が全員に指示を飛ばす。

「結界はまもなく壊れる！　壊れるのに合わせ、全員が使用できる魔法を放てるよう準備を整えろ！」

父の言葉に、私たちは頷いた。

……私が使える魔法は、氷魔法だ。訓練で何度も練習してきたそれを練り上げていく。

……実戦での戦闘は、初めてだ。……昔は、早く魔物と戦いたいと父によく懇願していたのに、いざその状況になってしまうと不安の方が大きい。

練り上げた魔法を待機させて数分が経った時だった。ハイウルフたちが同時に突進してきて——結界が壊された。

「放て！」

ハイウルフたちのプレッシャーに押された私たちだったけど、父の言葉に合わせてすぐさま魔法を放った。

ハイウルフの一体へと当たり、吹き飛ばす。だが、仕留めるには至らない。

すぐに起き上がってきたハイウルフが、私めがけて飛びかかってくる。

「ガアア！」

「……ッ」

本気の殺気。一瞬怯んだが、私はすぐに向かい合い、レイピアを振りぬく。

攻撃が足を掠め、ハイウルフの体勢を崩す。

喜んでいる暇はない。すぐにハイウルフたちがなだれ込んできて、あちこちで戦闘が始まる。

私だって、一体に集中してはいられなかった。飛びかかってきたハイウルフの攻撃をかわし、レイピアを突き出す。

戦場では、魔物と兵士が入り乱れている。……やや、押されている。ハイウルフの数が三十ほどはあるからだ。

数の不利はもちろん、戦力差もある。

「うわあああ⁉」

誰かの悲鳴が上がると、ハイウルフたちは勢いづき、私たちは怯む。

ハイウルフに嚙みつかれていた兵士を助けるように、父が剣を振りぬいた。力強い一閃が、ハイウルフを切り裂く。

父を狙って飛びかかったハイウルフさえも、父は即座に剣を振りぬいて吹き飛ばした。

「彼をすぐに治療しろ！」

そう言って、父が周囲に氷魔法を放った。

ハイウルフたちの注目が一気に父へと集まり、数体が襲い掛かる。

私も、戦わないと――！

「はあああ！」

父を援護するよう、父に狙いをつけたハイウルフへと氷の矢を放つ。

迫ってきたハイウルフをレイピアで捌き、その数を減らすように動く。

だが、その時だった。

強い魔力が集まるのを感じて慌てて視線を向けた。次の瞬間だった。土の弾丸が父へと向けられる。

「何!?　ハイウルフが魔法だと!?」

完全に虚を突かれてしまった父は、氷の壁を展開しようとするが間に合わない。

「ぐっ!?」

「お父さん……!?　くっ！」

土魔法によって弾き飛ばされた父に、すぐさまハイウルフたちが襲い掛かる。

このままだと、お父さんが……！

そう、強く思ったときだった。

私の中で、小さく渦巻いていた魔力が形となっていく。

……これは？

今までにない感覚だったけど、不思議と嫌な感じはしない。

そして、その魔力は私が伸ばした片手から、白い光となって、溢れ出した。

白い光は、ハイウルフたちを飲み込むようにして、その体を弾き飛ばした。

一瞬、その場を静寂が包んだ。

……私自身、驚いていた。今のは魔法だと思うけど、私は……こんな魔法を使ったことはない。

私が使えるのは氷属性の魔法だけだったはずなのに……。

「……これは、まさか、妻の聖属性魔法がリームにも遺伝していたのか……っ？」

父が驚いたようにそちらへ視線を向けたのも束の間、弾き飛ばしたハイウルフたちがよろよろと体を起こす。

そして、険しい表情とともにハイウルフたちの視線が私に集まってくる。

びくり、と肩が跳ね上がる。

先ほど父に向けられていた殺意のすべてが、私へと向いていた。

それと同時だった。ハイウルフたちが地面を蹴り、飛びかかってくる。

「くっ……！」

父が地面を蹴って助けに来ようとするが、間に合わない。

私は、もう一度さっきの力を使おうとしたのだが……先ほどの白い魔法はまだ、形にならない。

私の魔法を待ってくれることもなく、眼前にハイウルフが迫る。

「……ッ⁉」

私が思わず顔を覆ってしまったその時だった。

強い風が吹き抜けると同時、黒い渦が現れた。

まるで地獄の底へと繋がりそうなほどに深い黒い渦。

だが、その黒い渦から外套（がいとう）を纏（まと）った人が現れ、持っていた短剣を振りぬいた次の瞬間だった。

ハイウルフの体が切り裂かれた。

突然の出来事に驚いていたのは、私だけではなくハイウルフたちもだ。

その異様な光景に、私は一瞬呆然（ぼうぜん）としてしまった。

涙が頬（ほお）を伝い落ちるのも感じず、ただ見守るしかなかった。黒い渦の中から現れた影は、一瞬のうちにハイウルフを倒した。

さらに、そこから何人もの人たちが飛び出し、ハイウルフたちを攻撃していく。

激しい戦闘が始まると、外套の男性が苦しそうな声をあげる。

「……くっ」

「リョウ！　あんた大丈夫なの⁉」

「ま、魔力が足りん……。気持ちい――いや、気持ち悪い……魔力回復ポーションないか……？」

「あんた！　さっきの移動魔法でめっちゃ魔力使ったのね？　まったくもう！」

女性が外套の男性にポーションを渡すと、彼はすぐに調子を取り戻した様子で、ハイウルフたちと交戦していく。

村の兵士であるジョルがこちらへと、やってきた。

「大丈夫ですか、リームさん！」

「え、ええ……彼らは誰なの？」

肩を貸してくれたジョルに問いかけると、彼は笑みとともに興奮した様子で答える。

「『ドラゴンレイヴンズ』の方々と、依頼を受けてくれた冒険者です……！」

……良かった。援軍が間に合ったんだ。

私の方へとやってきた父が、ジョルに視線を向けてからほっとした様子で息を吐く。

「そう、か」

そんな父は、私へと厳しい視線を向けてから、剣を握りなおす。

「……まだ、戦いは終わっていない。怖いなら避難しているんだ、リーム」

……父の言葉に、私はすぐに首を横に振る。

さっきは、少し驚いたけど……もう、大丈夫。

「まだ、戦うわ」

「……分かった。皆の者！　ジョルが援軍を連れて戻ってきた！　彼らに続け!!」

『おお！』

父の号令によって、押し込まれていた私たちは再び武器を持ち、ハイウルフたちへ攻撃を放っていく。

……だが、ハイウルフたちも怯まない。倒れてもすぐに起き上がるさまは、まるで何かに操られているかのように不気味なものだった。

「……」

淡々とハイウルフたちを狩っていた外套の男性は、ちらとハイウルフの一団へと視線を向ける。

「……正しい未来に、戻そうとしているのか？　……あるいは——さっきの聖属性魔法か。だが……本来、彼女には使えないはずなんだが」

……どういう事、かしら？

男性はちらと私と父へと視線を向け、独り言のように呟いている。

その間にもハイウルフたちの攻撃はさらに苛烈なものになっていき、こちらへと傾いていた戦況が再び、向こうに引き戻されそうになる。

その時だった。後方に控えていた一際大きなハイウルフが父へと向かって飛びかかっていく。

だが、外套の男性が父とハイウルフの間へと割って入り、短剣で牙を受け止める。

「……ガアア！」

「……悪いな。この人を死なせるわけにはいかないんだよ」

外套の男性は苛立ったように、短剣を振りぬく。

最初よりも、さらに動きが加速している。これまで手を抜いていた？　あるいは、ハイウルフたちを倒し、レベルが上がったから？

どちらにせよ、その速度は……もう私の目では追えないほどのものだった。瞬く間にハイウルフの体を切り裂いていく。

それでも、ハイウルフは、倒れない。まるで、何かに操られたかのように暴れだし、襲い掛かる。

狙いは……私の父だろうか。

それに外套の男性も気づいたようで、何やら煩わしそうな雰囲気が伝わってくる。

この場の暗い空気のすべてを弾き飛ばすように、男性の短剣が一瞬のうちに何度も振りぬかれる。

ハイウルフの体がバラバラに切り裂かれた。

それと同時だった。一際強い風が吹き抜け、私の鼻に……ここ最近、嗅ぎ慣れていた匂いが届いた。

外套の男性から届いたその、どこか落ち着く……嗅ぎ慣れた香り。

洗練された最高級の香水でさえも、この匂いにはかなわない、そんなかぐわしく素晴らしい香り。

纏っていた外套にしみ込んだ匂いと、この戦闘によって生み出された汗が混ざり合い、私の脳内は表現できないほどの多幸感に溢れ、今にも気を失いそうになってしまう。

「リーダーは倒した！　逃げる残党どもを狩れ！」

外套の男性がそう叫び、私ははっとなって逃走を開始していたハイウルフたちを仕留めるために動き出す。

ここで一体でも逃がしてしまえば、この辺りの生態系が変化しかねない。

仮面をつけ、顔も分からないこの外套の男性の正体について考えながら、私はハイウルフを追っていく。

……先ほどの匂いを、私が嗅ぎ間違えるはずがない。

――レイス様、だ。

なぜ？　という疑問がいくつも浮かびながら……同時に私は、涙を流しそうになる。

あれほどに濃厚なレイス様の匂いを、私が間違えるはずがない。

なぜ、ここに来てくれたのだろう？

……どうやって、私の危機を知ってくれたのかは分からない。

でも、レイス様が……私を助けに来てくれたんだ。

すべての戦闘を終えたところで、俺は軽く息を吐いた。

……結構、ギリギリだった。少なくとも、戦闘を開始した最初の瞬間は。

俺のレベルがハイウルフに劣っていたのは明らかだったが、基礎訓練でステータスを伸ばしていたおかげで、どうにかなった。

低レベルだった俺は、ハイウルフを何体か仕留めてからは、まったく問題なく戦えるようになっていた。

……うん。とにかく、なんとかなってよかった。

村のすべてが無事なわけではない。

だが、死者が出なかったのだから、この村の兵士たちの戦闘能力を見るに十分すぎる成果だろう。

俺は小さく息を吐いてから、ローンに声をかける。

「……俺たちはもうこれでいいか？」

「え？　あっ、は、はい……助かりました。あなたがいなければ……恐らく、オレたちは間に合いませんでした」

ローンを先頭に、他の『ドラゴンレイヴンズ』の人たちが頭を下げてきた。

それに対して、俺は首を横に振る。

「気にするな。困った時はお互い様だ。それじゃあ、俺たちは先に戻らせてもらう」

「……ありがとうございました。また後で、改めて報酬などの話はしましょう」

「……本当に、気にしなくていいから。とにかく、俺は街に戻る。イナーシアはどうする？」

「あたしも帰るわ。それじゃあ、またね」

「は、はい……本当に、二人とも……ありがとうございました」

よし、これでもういいだろう。

どこでリームにバレるか分からないので、さっさと退散したかった。

まあ、これだけ完璧に変装をし、声もいつもより低めに発しているのだから、バレる可能性は少ないと思うが。

問題があるとすれば、短剣を使っているところと俺の魔法についてだが、これらは誤魔化すための策は考えている。

そんな事を考えていると、リームと男性がやってきた。

……レイスくんの記憶を探っていると、リームの父親であることとボリルという名前が浮かんできた。

恐らく、何か話をしようとしている。ここで逃げるのは……さすがに印象が悪いだろう。

俺の前に立った二人――リームはどこか熱を帯びたような視線でこちらを見てきていた。

……リーム。

先ほど、空間魔法で移動しようと渦を展開したときだった。

……リームが聖属性魔法を使おうとしていた、んだよな。

それは、おかしい。

ゲーム本編では、リームは聖属性魔法の才能はあったのだが、使いこなすことはできなかった。

なのに、どうしてだ？

俺というイレギュラーと関わって……彼女にも何かしらのイレギュラーが発生しているのか？

彼女の変化について考えていると、ボリルがこちらへとやってきて……ずっと頭を下げてきた。

「……ありがとう、キミたちのおかげで助かったよ」

「気にするな。俺たちは冒険者として仕事をしただけだ」

別に気遣うつもりでそういったわけではない。

……まあ、結果的に得られるものは多かった。

ボリルがこうして生きているように……ゲーム本編とは違う未来に変えられるということも分かったからな。

俺としては、その収穫があっただけでも十分だ。

「……ありがとう。本当に助かったよ」

「そうか。俺たちはもうこれで街に戻る。後処理はすまないがそちらに任せる」

「あ、ああ……分かった。……そういえば、キミたちはいきなり現れたが……あれはなんなんだ？」

「俺の……移動魔法のようなものだ」

「……そうか。改めてになるが本当に、ありがとう」

ボリルがそう言った。

リームも、遅れて頭を下げてきて……俺はほっと胸を撫(な)でおろしながらその場を後にした。

イナーシアを連れ、ヴァリドールへと戻ると、隣にいたイナーシアが軽く背筋を伸ばした。

「……うーん、ちょっと疲れたわねぇ」

「さすがに、あの数のハイウルフともなるとな」

「でも、あんた軽々と倒していたじゃない。正直、ちょっと驚いたわよ。そんなに冒険者ランク高くないのに、ほんと戦闘に関しては天才的だったわね」

「イナーシアもな。お前がいなかったら、もうちょっと苦戦していた。助かったよ」

……ハイウルフ相手にまともに戦えていたのが、ローンとイナーシアくらいだったからな。

彼女がいなかったら、俺の負担ももっと増えていただろう。

「あんたってこの街で今後も活動してくの？」

「他の街でも活動するつもりだが、何か問題でもあるのか？」

「いや、別に。またどこかで依頼を受けるつもりなら、そん時はよろしくって思ったのよ」

「……そうか。ま、どこかで会ったらその時はよろしくな」

「あっ、そういえば宿はどこ借りているのよ？」

「……さあな」

「もう！　教えてくれたっていいじゃないの！」

イナーシアが少し頬を膨らませたが、俺は意味深な雰囲気を出し、空間魔法を使って逃走した。

……そもそも、教える宿がないもんでな。

部屋に戻ってきた俺は、そこで小さく息を吐いた。

もう少し、通気性のよい装備に変えたいところだが……どうしようか。

そんな事を考えながら、俺は外套を脱いでいった。


リームを助けてから数日が経過した。

……リームの聖属性魔法についての疑問は解けない。

まあでも、ゲーム本編のことを思い出してみても、それで何か大きな不都合があるというわけではない、はずだ。

というわけで、あまり考えすぎることはせず、俺はさらに能力を高めるために空間魔法の訓練を行っていた。

いつも、黒い渦のようなものを出現させている俺の空間魔法には、色をつけることができる。

なので、レイスとして使用する場合は青色。リョウとして使用する場合は黒で統一することにした。

　これで、リョウとレイスが同一人物であるということはバレないだろう。なぜこんな練習をしていたかというと、先日リームにばっちり魔法を見られているからだ。

　リームには、俺の訓練の様子も見られているわけで、まだ空間魔法を使っている場面を見られたことはなかったので、その対策だ。

　そんな対策を考えていた俺が、いつものようにザンゲルに訓練してもらおうとした時だった。

「……レイス様。リーム様が来られていますよ」

「え？　リームが？」

「はい。応接室にてお待ちいただいています」

「……そうか。分かった。すぐに向かおう」

　俺を呼びに来た使用人にそう返しつつ、俺はすぐさまそちらへと向かった。

　……リームが、なぜ？

　また睨みつけてくれるためにか？　……余計な思考は排除し、冷静に状況を確認する。

　特に何か約束はしていなかった。ここ最近少しずつリームが屋敷へとやってくる間隔が短くなっていたのは確かだが、それでもこれまでは事前にアポをとってくれていた。

　一体、なぜ……と考えるとすぐに思い浮かぶのは先日のストライト村でのやり取りだ。

　……いやいや、さすがにバレてはいないだろう。

俺とリョウが同一人物だと断定するには、俺の武器と声……後は一応背丈くらいしかなかったはずだ。

といっても、武器に関してはリョウとして使う時とレイスとして使う時のものは分けているし、声だってかなり低めにしていた。

この程度の情報だけで、俺とリョウを同一人物と断定するのは難しいだろう。

そもそも、リームは俺の事を嫌っている。彼女が屋敷を訪れた時はいつも訓練の様子を見せていて、ロクに会話はない。

帰りに彼女は俺の使っていたタオルを持っていっているわけだしな。

なぜそのような行動をするのかと俺が調べてみたところ、この世界には呪いというものがあった。

まあ、前世の呪いなどのように、どこか眉唾物ではあったが。

呪いをかけるには、相手の髪などが必要になるわけで、恐らくタオルに染みついた俺の汗などを使って呪いをかけているんだと思う。

リームのおかげで苦しい思いができるかもしれないな。うん、余計なことを考えるな俺。

それ以外に、俺のタオルを要求する理由は分からないからな。

応接室へと入ると、すぐにリームがソファから立ち上がり丁寧に頭を下げてくる。

表情はいつも通りのものではあったのだが、なんだろう。いつもよりもどことなく雰囲気が明るく感じる。

ちょっと寂しい……。

「お久しぶりです、レイス様」

最近は、彼女が来るたびに軽食を用意してもらっていたからか、今もリームはパンを口に運んでから挨拶をしてきた。

それを無礼というつもりはない。

「ああ、久しぶりだ。急にどうした？　何かあったのか？」

「先日、私のストライト村が魔物の襲撃にあったので、その報告に来ました」

「……そうか。報告書が上がっているのは見た。怪我はなかったのか？」

現場にいたわけで、別に聞かなくてもいい。

だが、もちろんそんな間抜けな反応をするつもりはなかった。

「はい。依頼を受けてくれたリョウという冒険者のおかげで、事なきを得ました」

「……そうか」

イナーシアも言っていたが、リョウはその見た目などから冒険者たちの噂になっている。

リームの前では名乗っていなかったが、調べてすぐに分かったはずだ。

そう思っていた時だった。リームが一歩、こちらに近づいてきた。

それから、彼女はじっと俺の顔を見てくる。……なんだ？　何か、鼻をひくつかせているように見える。

そして、確認するように彼女はパンを一度、口に運んだ。

「……やはり、そうですよね」

「ん？」

「レイス様」

そう俺の名前を口にした次の瞬間だった。

リームの表情がとたんにだらしないものになり、どこか変質者のように鼻息を荒くして腕を摑んでくる。

それと、同時だった。俺の体へと顔を近づけてきて、だらけきった顔で……見上げてくる。

「レイス様は……リョウ、として活動していますよね？」

「……え？　な、なんだ？」

リームの表情の変化に驚き、それを指摘する余裕もないほどに俺は戸惑っていた。

なぜ……いきなりそんな結論が弾きだされたのか、まるで分からなかったからだ。

予想外の場所からの問いかけに、俺は混乱しながらも……問いかける。

「リョウ、というのはその村の魔物たちを退けた冒険者の名前だろう？　それがどうして、俺になるんだ？」

ゲーム本編に関わるリームには、できれば余計な情報を与えたくはない。

だから、リョウが俺であることについても隠したいわけなのだが、リームは鋭い表情とともにこちらを見てくる。

「とぼけないでください。まぎれもなくレイス様、ですよね？」

「……」

もう、誤魔化せる気がしない。

リームはゲームでも真実を見抜く目はもちろん、ここぞという時の自信と度胸を持っている優秀な子だ。

凛々しく、逞しく、クールなキャラクターであったリームが断定している以上……誤魔化すことは難しい。

だが、バレるような行動をした覚えはなかった。

「なぜ、分かったんだ？」

……諦める、しかない。

俺は諦めるように息を吐いてから、リームに問いかける。

リョウとレイスの時で、使っている武器はもちろん、衣服も違う。

となると俺がどこかでヘマをしてしまっていたという事になり、今後も気づかれる可能性があるので聞いておきたかった。

固唾を飲んで返事を待っていると、リームはゆっくりと口を開いた。

「匂い、です」

「……匂い、だと？」

「いい、匂いがします」

「パンではなく？」

「パンではありません」

……どういう事だ？

混乱していると、リームはさっと俺の手を握る。

そして、リームは深呼吸をした。

「この前、お父様を助けて頂いた時……リョウとレイス様から同じ匂いがしました。……だから、分かりました」

「……」

リームは淡々とではあるが、あっけらかんとそういう。

いつも通りの顔で、当たり前のように俺の体に鼻を押し付けてくるリームに混乱していた俺だが、すぐに声を上げる。

「一体どうしたんだ⁉　お前、そんなキャラじゃないだろ⁉」

「私のキャラ⁉　何かしらそれは……！」

とうとう敬語もなくなり、ゲーム本編のような口調になっていた。

「け、敬語はどうした？」

「くぅぅっ……！　元々私は敬語は苦手なのよ！　それでいて、あなたが今も私の脳を麻痺させるフェロモンを振りまいているのだから、もう思考がままならないのよ！」

「と、とにかく、落ち着け！　何かの状態異常なんじゃないか⁉」

「確かに。あなたの匂いによって洗脳状態、ではあるかもしれないわね……！」

「そんなことしてねぇよ！」

「無自覚だなんて……殺人的ね」

お前にしか効果ないだろうよぉ！

にこりと微笑を浮かべながら、俺の匂いを堪能してくる。

これなら、何かしらの状態異常と言われた方が良かった。それなら、アイテムで治療できるというのに。

今の彼女に万能薬などを渡してみたら、効果あるだろうか？　いや、あれはあくまでゲーム本編に出てくる状態異常を治療するものであって、こんな歪（ゆが）んだ性癖を治療するものではない。

ひとまず、リームを引きはがし、俺が距離をとって警戒しているとリームが残念そうにこちらを見てくる。

「……ここまでで分かったが、一応確認するぞ？　……お前――匂いフェチなんだな？」

改めて問いかけると、リームは鼻息を荒くしたまま、ドヤ顔で胸を張る。

「その通りよ。私は匂いフェチのリーム」

そんな二つ名みたいに言わんでもいい。

同時に、俺の脳裏に疑問が浮かぶ。

ゲーム本編で、リームにそんな設定はなかったはずだ。

「私は色々な人の匂いを嗅ぐのが好きでね……今の私のお気に入りはあなたなのよ、レイス様。私はあなたの匂いが気に入ってね。特に運動した後のあの汗の混じった匂いなんてもう、極上よ。もう、私を誘惑しているんじゃないかってくらい、いつもいつも訓練場に連れていってくれたわね？　思い出したら興奮してきてしまったわ。これから、汗をかいてくれないかしら？」

冷静に、淡々と俺を追い詰めるような言葉を口にする。

完全に今の彼女は変質者である。

そんなリームに俺は頬を引きつらせることしかできなかった。

……リーム。

ゲーム本編では、クールな参謀タイプのキャラクターだった。

確かに、人の嘘を見抜くのが得意だった。その時の決めゼリフに、「臭いが変わったのよ」というものがあった。

まさか、あのセリフの意味が……文字通りだったなんて……。

「……まさか、それで俺をリョウだと断定したなんて」

「あの時着ていた外套に、あなたの匂いがしみ込んでいたのよ。もう、あんな恰好で現れるなんて、正体をばらしているのと同義ではないかしら？」

「同義なわけあるか！」

「同義よ。私があなたとリョウが同一人物であることを見破ったのは、それが理由よ。分かったら、ご褒美が欲しいわ」

「……ご、ご褒美？」

「あなたの匂いを堪能させてほしいわ。ここまで、話をさせたのだから、そのくらいはいいでしょう？」

そう言って、リームがジリジリと近づいてくる。

飛びかかってくる彼女をかわしていると、リームがむっと頬を膨らませる。

「リョウがレイス様ってこと、バラしてもいいのかしら？」

「……いや、それは――」

やめてくれ。原作に明らかに影響が出る可能性がある。

「なら、交換条件よ。スーハーさせなさい」

……卑怯だ。

リームに脅された俺は逃げることができず、リームにぎゅっと抱きしめられる。

俺をソファへと押し倒すと、リームは犬が甘えるかのように鼻を俺の体に押しつけてくる。

彼女の柔らかな胸や体を押し付けられ、一瞬ドキリとするのだが、

「はぁ……」

うっとりとした様子で、彼女が声を上げる。

彼女の顔を見ると、やべぇ顔をしていた。

「ファンタスティック。たまらないわね」

「……そうか」

「全身をレイス様の香りに包まれるこの感覚。香りが体の外側だけではなく、内側まで侵食していく感覚……。もう今の私のすべてがレイス様によって塗り変えられていくわね。これが、彼色に染まる、ということなのね」

「違うと思うぞ」

俺は諦めて彼女に匂いを嗅がせるしかなかった。

それから少しして、ようやくちょっとは落ち着いてくれたリームを引きはがし、向かい側のソファへと座らせる。

俺は頬を引きつらせながら問いかけることしかできない。

「……とりあえず、俺がリョウだってことは黙っててくれないか」

「嗅がせてくれるのならいくらでも黙っているけど、どうしてなのかしら？」

「バレると家族に何を言われるか分からないだろ」

「今のあなたなら、余裕でボコボコにできるのではないかしら？」

「……貴族は、そんな簡単に片付く世界じゃない」

力で下剋上(げこくじょう)が許されるのならいいが、そんな時代じゃない。

仮に、俺が両親に対して暴れたところで、ただただ俺が罪人として国に追われるだけだ。

それは俺としても本意ではない。

「それもそうね。リョウとして活動しているのは……家族にバレたくないからだけなの？」

「ああ、そうだな。それとまあ今のうちに、少しでも強くなっておきたいんだ」

「……どうして？」

当然、その疑問はあるよな。

強くなっておきたい理由には色々とあるが……それをどこまで正直に話すべきか。

前世の事などを話したところで、恐らく変な奴だと思われるだけだろう。

ただ、中途半端な嘘を吐いたとしても、恐らく彼女には見破られるはずだ。

……本当の事を話すとして、少し内容を変えようか。

「夢を見たんだ」

そういった瞬間、リームが驚いたように目を見開く。

「……夢？」

「ああ。……少し前。俺は自分が死ぬ場面の……夢を見た。……その時の俺は、あまりにも弱くて、何もできずに……殺された。……なんだかやけに現実感があってな。その……夢を変えるために今から何かできないかと思って、な。まあ、夢だからあんまり気にする必要はないのかもしれないけどな」

本当の事を話すために、夢とか使ってみたが……さすがに難しいか？

そう思っていたのだが、リームは俺が思っていた以上に、真剣に俺の話を聞いてくれていた。

「それで、自分を変えるために動き出したのね」

「……まあな」

「本当、まるで別人だわ。匂いから何から、そっくりそのまま、中身が入れ替わったかのようだもの」

　ぎくり、と俺は思わず声が出そうになったが、リームは特に何か言ってくることはなかった。

　それから、リームは柔らかな笑顔でこちらを見てきた。

「とにかく、助かったわ。……今日ここに来て、あなたにお礼を伝えられて良かったわ。あなたの生の匂いも嗅げたしね」

「……そっちが本命だったんじゃないか？」

「さて、どうかしらね」

「……」

「冗談よ。あなたは……本当に変わったわね。前までなら、こんな冗談言ったら何をされたか分かったものじゃなかったわ」

「その……まあ、色々とすまなかった」

　……ここまで話した以上、リームとの関係が変化することは避けられないので、彼女にしてきたセクハラ行為などの謝罪もしておいた。

「気にしなくていいわ。……ありがとう。あなたのおかげで、私は……大事な家族と今も一緒にいられるわ」

　それまでの奇行を忘れてしまうくらいに美しい笑みを浮かべるリーム。

　……改めて、彼女がゲームでの人気キャラクターだったと思い出させる笑顔を見て——彼女のために動いて良かったと思う。

「……そうか。とにかく、偶然とはいえ……助けられてよかったよ」

「ええ、助かったわ。……あの時、あなたが来ていなかったら私はハイウルフたちにボロボロにされていたはずよ」

ゲーム本編の事を考えると、リームではなくボリルが死んでいたんだろうけど、それについては口にするつもりはなかった。

……そういえば、リームはあの時ゲーム本編にはない力を使っていたな。

「そういえば、一つ疑問に思っていたんだがリームはあの時……聖属性魔法を使っていなかったか？」

「そうみたいね。私も、お父さんから聞いたのだけど……あの力は、お母さんから遺伝したものなんじゃないかって」

「お母さんから？」

「ええ、そうよ」

聖属性魔法というのは、使い手こそ少ないが、特別な人間にしか使えないとかそういった設定はなかった。

だから、リームに才能があるといっても驚くことはない。

ただ、ゲーム本編ではできなかったため、疑問は残る。

「どうしたのかしら？」

「……聖属性魔法を使うには、清らかで落ち着いた心を持っていないといけないってどこかの本で見たことがあって、な。……過剰にストレスがかかっている状態とかだと、うまく使えないってのは聞いたことがある」

俺との関係が変わり、リームのストレスなどがなくなった結果、使用できるようになったとかだろうか。

……ゲーム本編では、父を失っていて、精神状態としてかなり不安定だったわけだしな。

「そうなのね……そういえば、聖属性魔法の使い手として有名な聖女様とかもそうよね。私も昔見たことあるけど……落ち着いた大人の女性という感じだったわね」

「……そう、だな」

「何かしら、その目は」

そう言いながら、俺の匂いを堪能しているリーム。

これが、清らかで落ち着いた心を持っている人……なのか？

ま、まあゲーム本編でも変な人が聖属性魔法を使っていたし、あり得ない話ではないのかもしれない。

「いや……何でもない」

「何か、気になる視線だけど……まあいいわ」

それで思い出したが、ゲーム本編にはパラディンハンターという、聖属性魔法を使える人を狙う魔物がいたんだよな。

魔王軍は聖属性魔法が弱点の奴らが多く、聖属性魔法の使い手を消すために魔物を召喚しては襲撃を行っていた。

……リームの村をハイウルフが襲ったのも、もしかしたらリームの中に渦巻いていた小さな聖属性の力を感じ取って、その調査のために送り出されたのかもしれない。

そんなことを考えていると、リームがにこりと微笑んできた。

「とりあえず……次は、私の番ね」

「な、何だ？」

今でさえ、ずっと匂いを嗅いでいるというのに今度は何をするつもりかと思っていると、彼女が微笑とともに俺の鼻にとんと触れてきた。

「あなたが、死ぬかもしれない未来。それを変えるために私も戦いたいの。一緒に、頑張りましょうね」

笑顔でウインクをしてきたリーム。彼女の言葉に俺は少しだけ驚いてから、頷いた。

「……ああ、頼む」

今のリームを見れば……少しずつだが、未来は変わり始めてくれたように思えた。

これまでの自分の行動が無駄ではないことの証明のような気がして、俺は少しだけ嬉しかった。

第五章　アドレナリンブースト

――訓練場。

俺はゲーリングと向かい合い、いつものように訓練してもらっていた。

ゲーリングは、兵団の副団長を務めてもらっている人だ。ザンゲル曰く、少し生意気なところはあるが、兵団一の実力者といわれるほどの人間だ。

試しに戦ってみてはと言われたので……今の俺はゲーリングと模擬戦を行っていた。

観客には兵士はもちろん、リームも来ていた。今では、彼女がここにいてもおかしな事は何もない。

あの日。リームがリョウの正体に気づいてからというもの、リームの俺への接触が増えまくっていた。

俺の匂いを嗅ぐためという理由はもちろんの事、ハイウルフとの戦闘によって自分を鍛えなおしたいと思ったらしい。

リームをちらと見ると、彼女は栄養補給の真っ最中で幸せそうにパンを頬張っている。

ま、まあ、体を作るのに食事は大事だからな。もはやそれが目的なのではないか？　と疑うのは良くないな。

そんなよそ見を隙と判断されたようで、ゲーリングの動きが加速する。

ダ……ゲーリングの表情は険しい。

俺が、彼の攻撃のすべてを捌きっているからだろう。ゲーリングの師がザンゲルだからか、二人の動きは似ている。

だから、俺としては彼の動きは手に取るように分かった。

「……ッ！」

向かい合っていたゲーリングの表情がいっそう険しくなり、攻撃を叩き込んでくる。片手に持った剣を最速の動きで振りぬいてくるゲーリングは、確かに脅威だ。

だが、俺はそれらの攻撃を両手に持った短剣で捌きる。

攻め込んでいるのに、攻めきれない。そんなゲーリングの焦りが表情に出ているのがよく分かる。

動きが乱れたその瞬間。俺はそれまでの防御に回っていた動きから、攻撃へと転じる。

ゲーリングが攻撃のために踏み込んだ瞬間、俺はゲーリングの側面へと回る。

「……!?」

驚いた様子の彼が慌てて剣をこちらに向けてきたが、力の乗っていない一撃はあっさりと短剣で弾けた。

さらにそのまま一歩を踏み込み、俺がゲーリングの首元へと短剣を突き付けると、ゲーリングはぎゅっと唇を結んだ。

悔しそうな表情のゲーリングを一瞥したザンゲルが、こちらへと拍手をしてくる。

「そこまで。レイス様。お見事でした」

「いや、ザンゲルの指導のおかげだ」

「いえ、レイス様の努力の賜物（たまもの）です」

　ザンゲルがそう言ってくれたが、俺の急成長にはザンゲルが大きく関わっている。彼の【指導者】スキルのおかげで、俺の基本ステータスは跳ね上がっているわけだからな。

　もちろん、リョウとしての活動も関係しているが……あちらはあくまでレベル上げがメインだからな。レベルには限界があるわけで、基本ステータスを伸ばすには【指導者】スキル持ちの協力が必須だ。

　そんな事を考えていると、リームが持っていたタオルを手渡してくれる。

「見事だったわね」

「……まあ、今回はうまくいっただけだけどな」

　次も同じように戦って勝てるかどうかは分からない。

　ただ、ここ数か月、毎日訓練をしていたおかげで、この兵団の中でも俺がトップクラスの実力に到達したのも事実だ。

　……数か月で、ここまでもってこられたのは早いとみるか、遅いとみるべきか。

　本物のゲームのプレイ時間ならば、十時間もあれば今の俺くらいまでは鍛えられていたと思うが、リアル時間だとずいぶんとかかってしまったな。

　基礎訓練時に得られる経験値を数倍にしたし、戦闘時に得られる経験値も装備品で補っている。

……これでようやくか。

結局のところ、スタンピードでどのレベルの魔物と戦うことになるかが分かっていないため、どこまで強くなればいいのか分からないのが問題だ。

汗を拭き終わったタオルを、リームがじっと見てくる。ワクワク、といった様子でじっと待つ姿は、さながら忠犬が餌をねだるかのよう。

俺がタオルを近づけると、リームが顔を寄せてくる。なので、さっと引くと、リームが不満そうにこちらを見てくる。

「まだお預けってことかしら？　そういうプレイってことね？」

「……違うから。お前、本当にこれの臭いを嗅ぐのか？」

自分でも分かる程度に、汗臭いと思うんだけど。

だって、普段の俺は訓練後にシャワーを浴びて汗を流すほどだ。

しかし、リームはこくこくと頷き、血走った目でタオルをじっと見てきた。

「ええ、もちろんよ。今もこう、レイス様からの香りでもう眩暈がしそうなほどなのよ？さあ、早く、それを寄越してちょうだい」

ぐいぐい！　と圧力をかけるようにしてタオルへと手を伸ばしてきたリームに……俺は若干顔を引きつらせつつも、タオルを差し出すことに。

リームは表現できないような声をあげながら、幸せそうにタオルを顔へと押し付けている。

……こ、怖いよぉ。

だが、俺としてもリームのそれを無視するわけにはいかない。リームの状態を……よく確認する。

……彼女は……明らかに様子が変なのだ。……いやまあ、見ての通り変なのは確かなのだが……それとは別のある状態になっていることが分かる。

「ふふ……ふふふふふふ……ふぅぅ……っ！」

嬉しそうに笑っていたと思ったら、歓喜の雄たけびを上げている。……周りの兵士たちはドン引きしていて、何やら俺に対して同情的な視線を向けてきている。

……兵士たちや使用人たちの俺への態度が軟化していることに、リームは間違いなく一役買っている。

そんなリームの魔力は……俺の匂いを嗅ぐ前と後とで、明らかに違う。こうして対面していると、リームの濃い魔力を感じ取ることができるのだが……その質が変化している。

……そこで俺は原作でのリームについて思い出していた。

原作に登場するキャラクターたちの中には、『アドレナリンブースト』と呼ばれる……まあいわゆる必殺技みたいなものを持っている者がいた。

攻撃を受けたり、あるいは攻撃を与えたりすることで、この数値は増えていく。

アドレナリンブーストが発動すると、一定時間ステータスが増加するなどの恩恵があるのだが……今のリームってまさか――。

アドレナリンブーストは、強く感情が揺さぶられると発動できる、とゲームでは解説されていて、実際戦闘によるダメージ量などで管理されていたのだが……要は、スポーツなどで聞くゾーン状態みたいなものだ。

このアドレナリンブーストは、ゲームのシナリオを一定以上進めた時に解放されるのだが……まさか、もうリームは習得しているのか？

「……ふ、ふふふ……っ」

「……リーム、ちょっといいか？」

「何かしら？」

「ちょっと、戦ってみないか？」

「え？　今からかしら？　今は、あなたの匂いを一秒でも多く肺に溜め込んで、全身を満たしていたいのだけど……」

「軽く体を動かしたら、また新しいタオルで汗も拭けるが……」

「再入荷ね⁉　いいわ！　ぜひともやりましょう！」

リームが満面の笑みとともに身に着けていたレイピアを摑む。ハイウルフ戦で使っていたものではなく、訓練用のレイピアだ。

彼女に渡した装備品はそれだけではない。

リームには、基礎訓練時にステータス補正をするための装備品をすべて渡してある。

どうせ訓練するなら、無駄のない方がいいからな。リームだけではなく、ザンゲルたち兵団のメンバーにも、可能な限り支給はしてある。

別にそこまでしなくてもいいと思うが、せっかく訓練しているんだし、効率よくしたい。

……まあこれはゲーム好きとしての拘りだな。

俺も短剣を構え直し、リームと向かい合う。

彼女は俺のタオルを首に巻き、幸せそうな表情でレイピアを構えている。

……リームが、アドレナリンブーストを解放しているかもしれない、というのを確認するために、ある程度全力でやるべきだろう。

「ザンゲル、審判をお願いしてもいいか？」

「……ええ、分かりました」

ザンゲルはリームをちらと見て、少し引きながらもそこは年長者としてしっかりと振まってくれる。

「それでは、お二人とも。怪我のないよう、始めてください」

ザンゲルの言葉に合わせ、リームが地面を蹴った。

……速ッ!?

いつもよりも数倍は速い速度に、リーム自身も僅かに驚いたようだ。それでも、彼女はすぐにその体を自由に扱い、レイピアを突き出してくる。

連続の攻撃はどれも、ぎりぎり目で追える程度か……ッ！　俺はぎりぎりで短剣で捌きながら後退していく。

リームがさらに加速すると、周りからも驚くような声が聞こえた。

……そうだろうな。普段のリームからは考えられない速度だ。

俺はどうにか身体強化を高め、リームの攻撃に対応していく。

強く、彼女のレイピアを弾き、後方へと跳ぶ。

その時だった。

ザンゲルが驚いた様子でリームを見ていたのだが、はっとした様子で口を開いた。

「……まさか……今のリーム様は……」

「何か気づいたんですか、ザンゲルさん？」

「ゲーリング、アドレナリンブーストというのは聞いたことはあるか？」

「ええ……まあ。戦闘中の極限状態に至ると到達できる、というやつですよね？」

「……ああ。リーム様は恐らく……その状態になっているんだ」

「……戦闘での興奮が、関係しているのではなかったのですか？」

「……それは、間違いないのかもしれない。一説には、性行為の際にも似たような状態になるとは聞いたことがある。強い怒りや憎しみなど、感情の高ぶりによってその状態に至るということもある」

「……まさか、リーム様はレイス様の汗の匂いで……」

「あるいは……レイス様の汗の臭いに何かそういった作用があるのか……」

ねぇよ！

ザンゲルとゲーリングのそんな会話が聞こえ、俺は頬が引きつってしまう。

というか、ザンゲルたちの会話は……ゲーム中でアドレナリンブーストの解説をする時の会話に滅茶苦茶似ている。

発言している人間こそ違うのだが、内容はほぼ一緒なわけで……俺は軽く絶望する。

認めたくはないが……今のリームは、アドレナリンブーストを発動していやがる！

ていうか、人の汗の匂いで興奮しまくってアドレナリンブースト状態に持っていくって、どんだけこいつは俺の匂いが好きなんだよ！

リームもその会話が聞こえていたようで、にこりと笑みを浮かべてレイピアを構え直す。

「……さあ、行くわよ」

リームはさらに地面を蹴り、こちらへと迫ってくる。速い……！　さっきよりも体が馴染んだようで、リームはさらに攻撃を重ねてくる。

その連撃を短剣で捌きながら、俺は思う。

……アドレナリンブースト。俺も何とかして習得したい、と。

そのためには、戦闘での興奮状態はもちろん……自分の性癖について理解する必要があるのかもしれない。

……俺の性癖って……レイスくんの時から色濃く残っている……ドM体質か？

い、いや……あれと向き合うことはさすがに……そんな事を考えていると、リームが突っ込んでくる。

「あなたと戦っていると……さらに……力が増していくわね……」

こいつ！　俺と打ち合って近づいた時の匂いで、さらに能力を底上げしていやがる！

リームは……俺の天敵になるかもしれない。

そんな事をぼんやりと考えながら、模擬戦を続けた。


模擬戦や訓練の時間を終えた私は、自室へと戻ってきていた。

外を見ればもうすっかり暗くなっていて、開けていた窓からひんやりとした夜風が吹き込んでいた。

……早く、明日にならないものか、と私は考えていた。

そう考えている自分がいることに少しだけ驚いて、私の口元が自然と緩んだ。

レイス様とリーム様。お二人の訓練をするようになってから、そんな風に考えられるようになっていた。

二人の成長は、私の想像をはるかに超えるものだ。特にレイス様に至っては、一日一日が別人のようだった。

……だから、また明日が楽しみだ。そんな事を考えていると、扉がノックされ、私は声をかける。

「開いている、入ってきてくれ」

「失礼します」

声とともに入ってきたのはゲーリングだ。

彼が来た時点で、おおよそ話の内容については想像できた。

「『悪逆の森』か？」

私が問いかけると、ゲーリングは真剣な眼差しとともに頷いた。

「ええ……そうですね」

「見に行ってもらっていたんだったな。様子はどうだった？」

「はい。溢れていたゴブリンたちを難なく殲滅しました」

「そうか」

「……ですが、今回はゴブリンの他にも、ゴブリンリーダーの姿も確認されました。……何とか僕たちで討伐できましたが、もしもさらに数がいたとなれば――」

「今の、我々だけでは厳しいかも……しれないな」

こくり、とゲーリングが深刻そうな表情で頷いた。彼が、剣を学びなおしたいと話したのは、それも関係しているのかもしれない。

ヴァリドール兵団にはそれなりの実力者が集まっている。……少なくとも、コネ採用の多い王国騎士団に比べれば、平均値は高いが……ずば抜けた実力者というのは少ない。

ここ最近、魔物が溢れる回数が増えているというのも問題だ。

「はい。それに頻度が高くなっているのも気になります……本当に、いずれスタンピードが発生してしまうのでは……と考えてしまいます」

「頻度……か。確かに……そうだな」

「最近の訓練のおかげで、兵士たちだけでも問題なくゴブリンの討伐を行えましたが……正直言って、森の奥地にいる魔物たちに対応できるかどうかは、分かりません」

「そうか。……個別指導に切り替えた効果はあるんだな」

「はい。ただ、圧倒的に戦力が足りないという問題はありますが」

「そこは……仕方ない。ヴァリドー家に軍事費を削られてしまっているのだからな」

新しく兵を雇いたくても、給料の支払いが難しい。

ただ、戦力の底上げに成功しているのが分かったのは良かった。

以前であれば、ゴブリンたちの対応でさえも私かゲーリングがいなければ難しかったものだ。

……本当に、レイス様のおかげで助けられているな。

「分かった。『悪逆の森』については……改めて当主様に話をしよう」

「そうですね。……レイス様から、何か意見はいただけないでしょうか？」

「……ふっ」

そのゲーリングの言葉に、私は思わず口元を緩めてしまった。私の笑みに、ゲーリングが誤魔化(ごまか)すかのように声を上げてきた。

「な、なんですか、いきなり」

「……いやな。ヴァリドー家の全員を嫌っていたお前の口から、まさかレイス様に話を聞いてみよう、という意見が出る日が来るとは思っていなかったからな」

……ゲーリングは、そもそも私がヴァリドー家に仕えることに、反対していた。それでも、私は当時の当主様に恩があってヴァリドー家の兵団長を務め、ゲーリングは私にまだ指導してほしいということで、そのままついてきてくれた。

……まあ結果を見れば、彼には悪いことをしてしまった、というのが私の本音ではあるが。

「……レイス様は、別ですから。兵士の皆もそう言っていましたよ。レイス様は……変わってくださった、他のヴァリドーの人間とは違う、って」

「……使用人たちからも最近はよく言われるな。挨拶はもちろん、何かすれば感謝もされる……とな」

「ええ……そうですね。……ですから、レイス様に意見を聞いてみるのはどうかと思ったのですが――」

「レイス様の立場は理解しているだろう？　……彼は領主の息子とはいえ、そもそも継承権は第三位だ。……それも、両親からあれだけ嫌われているのだから、下手に相談をしても、レイス様を煩わせるだけだ」

「…………そうですね。彼が、正当な後継者であれば、どれだけ良かったか……」

ゲーリングがぼそりと言った言葉に、私はジト目を返す。

「あまり、そういう事は口にするな。どこで聞かれているか分からないぞ」

「……申し訳ありません」

そういうところが、ゲーリングはまだ若い。思うことはあっても、ぐっと我慢するしかないのが、我々雇われの兵士たちの悲しい宿命だ。

「まあ、私も何度も思ったことだ。そう気にするんじゃない」

「じゃあさっきみたいに睨まないでくださいよ」

私の愚痴に対して、ゲーリングは笑みをこぼした。

ただまあ、たまには愚痴をこぼしたくなる時もある。

……レイス様を除いたヴァリドー家の者たちは、相変わらずだからな。

レイス様を冷遇しているところを見た時は、それはもうぶん殴りたくなってしまったほどだ。

だが……貴族にそんな事をすれば、捕まるのは私たちだ。

……今の体制を変えるには、私たちもただ黙っているだけではダメだ。

上を変えるには、下だって動かなければならない。

その結果がどうなるかは分からないが……何もしなければ、ヴァリドー家は緩やかに破滅へと向かっていくのだから。

第六章　お兄ちゃん

「イナーシアお姉ちゃん！　遊ぼう！」

そう言ってあたしの腕を摑(つか)んできたのは、あたしが育った児童養護施設にいる子どもの一人、エリンだ。

彼女はきらきらと目を輝かせて、こちらを見ている。

「ごめんね、今日はこれからお仕事なのよ」

「ええ……お姉ちゃん、今日もお外行っちゃうの？」

寂しそうな様子で問いかけてくるエリンに、あたしは苦笑を返す。

「ちょっとね。帰ってきたら、いくらでも遊んであげるから、先生たちの言うことを聞いて待ってるのよ？」

あたしはエリンと目を合わせるようにしゃがんでから、その頭を撫(な)でる。エリンは残念そうにしていたがこくりと頷いてくれた。

部屋を出ていったエリンの背中を見送ってから、あたしは窓の外へと視線をやる。

朝。施設の外では子どもたちが自由に遊んでいる姿を見ることができた。

柔らかな陽(ひ)の中で、笑顔で駆け回る子どもたちの声が風に運ばれてくるのを耳にしながら、あたしは冒険者としての装備に身を包んでいく。

最後――。壁に立てかけてあった槍を強く握りしめたあたしは、街にある転移石へと向かい、ヴァリドールへと移動した。

「来たか」

あたしがヴァリドールの転移石前へと移動すると、ちょうど転移してきたと思われる人たちがいた。

周囲へキョロキョロと視線を向けると、すぐに目的の人物の姿を見つけることができた。黒い外套に仮面を着けた男性――リョウ。最近では一緒に活動することも増えている冒険者だ。

彼は近くにあったベンチに座っていて、あたしが来たことに気づいたところで立ち上がった。

「あれ？　待たせちゃった？」

「いや、別に。それじゃあ行くとするか」

リョウがそう言ってから、すぐに彼が持つ魔法を放った。

空間魔法。あたしもその存在について聞いたことはあったけど、魔力消費が大きくロクに使えないという代物だ。

何も知らない冒険者ならば、リョウの魔法に疑問を抱く人もいると思うが、あたしはこの前のハイウルフとの戦闘を目撃しているわけで、その実力は十分に理解していた。

「今日はどうするのよ？」

「適当に依頼でも受けようかと思ってるが、イナーシアは何かやりたいことはあるか？」

「あたしも別に。お金が稼げればそれでいいわよ」

「お金、そんなに必要なのか？」

リョウがぽつりとそう漏らしてから歩き出す。

「まあね」

……お金にがめつい女、とか思われたのだろうか？

あたしがお金を稼ぐ理由は自分を育ててくれた児童養護施設に少しでも恩返しをするためだ。

別にどんなふうに思われても構わないと思っていたけど……ギルドへと空間魔法で移動したところで、あたしは彼に言った。

「あたし、児童養護施設出身でね。そこに寄付するっていうのもあって、お金が必要なのよ。だから、報酬のいい仕事は大歓迎よ」

……こんな説明をする必要はないのかもしれないけど、なんとなく話したくなってしまった。

あたしって、昔から容姿含めて色々な人に興味を持たれることがあったけど、リョウってそういう事全然ないのよね。

……あたしがパーティーを組まないのって、そういう異性関係のトラブルがあったからなんだけど、リョウとはそういうのがなくて……凄く居心地が良かった。

だから、なんとなく……嫌な奴とか思われたくなくって、わざわざ聞かれていないことまで話してしまった。

むしろ、その方が面倒くさい奴って思われちゃったかしら？

「なるほどな」

そうリョウが言った時だった。

「あっ、キミがリョウか？」

そんな声とともに、一人の女性がこちらへとやってきた。

クールな容姿をしていて、頭には亜人であることを示す二本の角。

あたしは、その人を知っていたが……リョウはちらと視線を向けてから、問いかけるように口を開いた。

「……誰だ？」

リョウの問いかけに、彼女は少しだけ目を見開いてから微笑を浮かべた。

「ああ、すまないね。私は『ドラゴンレイヴンズ』のリーダーであるニューナーというんだ。……しばらく、街を離れていて今日戻ってきてね。キミたちに色々とお世話になったと聞いて挨拶をしたいと思っていたところなんだ」

「そうか。ストライト村の件か？　気にしないでくれ」

「気にするさ。あの村の警備は私たちのクランに任されているからね。……言い訳にはなるが、たまたま主力メンバーが魔物討伐のために出撃していた時の出来事でね。キミたちが動いてくれていなかったらと思うと……恐らく被害は今以上になっていただろう。ありがとう、助かったよ」

　そう言って、ニューナーはすっと頭を下げる。

「……気にしないでくれ。俺は俺のやりたいようにやっただけだ」

「あたしも……別に気にしなくていいわよ」

「そうかい？　何かお礼をしたいと思っていてね。報酬に関しては後で支払おうと思うが……他に何かないかな？」

「……特に俺はないな。イナーシアは」

「あたしも……別に」

　そもそも、あの一件に関してはリョウがいたからこそ間に合っていたわけで、別にあたしは報酬を要求するつもりはなかった。

　あたしたちの言葉に、ニューナーは少し困った様子でいたが、すぐに笑みを浮かべた。

「それならば、また何かあったら言ってほしい。できる限り対応しようと思うよ」

「そうか」

　まあ、その時が来るかどうかは分からないけど、あたしとしてもそのくらいの認識でいてくれた方が気楽だった。

　話は終わったかのように思えたのだが、ニューナーが話を切り替えるように口を開いた。

「ところで、イナーシアもリョウも……今はクランに所属していないのだろう？」

「そうだが」

「どうだい？　私のクランに入ってはくれないかな？　好待遇で迎え入れるよ？」

「悪いが、俺は特に興味ないな」

「ええ……そうかい。イナーシアはやっぱりダメかな？」

やっぱり、というのもあたしは何度か『ドラゴンレイヴンズ』の仕事を手伝っていることもあり、ニューナーには誘われたことがあったからだ。

あたしは苦笑とともに両手を合わせた。

「あたしも……特に興味はないわね。ごめんね」

「……そうかい。また、気が変わったらいつでも言ってくれ。あっ、それと……今、ちょうどイナーシアにいつもの依頼をしたいと思っていたんだけど、手は空いているかな？」

「いつものっていうと……新人冒険者の引率の仕事とか？」

「そうなんだ。私たちのクランへの依頼ではあったのだけど……最近魔物の出現が多いものでね。今一応ギルドリーダーに話はつけてきて許可はもらったから、外部に委託しようと思っていたんだけど……キミたちにお願いできないかと思ってね」

「あたしはいいけど……リョウはどうよ？」

「新人冒険者の引率って……何をするんだ？」

「まあ、ついていって何かあったら手助けするって感じね。っていっても、最低限の教育はされているから、そこまでやることはないけど」

「なるほどな」

報酬もそれなりに多いので、割のいい仕事ではある。

でも、誰かの面倒を見る仕事なので、そこが人によって合う合わないはある。

あたしも、疲れている時とかは断ってしまうこともあるし。

別に、面倒を見るのが嫌いなわけじゃないんだけど……たまには、ね。

「一度受けてみようか。ニューナー、やらせてもらってもいいか？」

「分かったよ。それじゃあ、これが依頼書になるよ。よろしく頼むね」

そう言って、ニューナーはしまっていたのだろう依頼書を取り出し、リョウがそれを受け取り、あたしたちは依頼を果たしに向かった。


「りょ、リョウさんのこの移動魔法……便利ですね！」

新人冒険者の一人、シズクが目を輝かせながらぽつりと漏らしていた。

年齢は十三歳だそうだ。あたしが、冒険者になったのも似たような年齢だったので、彼女には少し親近感を覚えていた。

シズク以外の冒険者も年齢は似たような子たちが多い。

「行ったことがある場所にしか移動できないから、そこまで便利ではないがな。ここからはダンジョンだ。気を抜くなよ」

「リョウさんもこのダンジョンに来たことがあるんですか？」

「ドラゴンレイヴンズ』の方から聞きましたが……リョウさん、凄いんですね！」

「き、気晴らしですか……先日のハイウルフとの戦闘も凄かったって、『ドラゴンレイヴンズ』の方から聞きましたが……リョウさん、凄いんですね！」

シズクと、他の冒険者たちはリョウにキラキラとした目を向けていた。

……そういえば、リョウの事ってかなりギルドでも噂になっていたわね。

まあ、この見た目で実力もかなりのものがあるんだから、皆気にはなるわよね。

……後は、あたしが一緒に行動しているっていうのもあるかも。

「ほらほら。あたしたちはあくまで引率なんだから。シズクたちもダンジョン攻略を始めなさいよ」

「そ、そうですね！　分かりました」

「そんなに緊張しないの。ほら、深呼吸」

「は、はい！」

あたしの言葉に、シズクたちは大きく深呼吸をしている。

……ま、あんまり気を抜きすぎても困るんだけどねぇ、なんて苦笑しているとリョウが小さく息を吐いた。

「それじゃあ、今日は自由にダンジョンを進んで行ってくれ。危険な魔物がいれば、こちらで対応するからな」

「分かりました！　よろしくお願いします！」

リョウの言葉に、冒険者たちは元気よく頭を下げてきた。

……冒険者ってあんまり敬語とかは使わないけど、この子たちはしっかりしている。

最近は平民でも学校に通う子も増えているので、そういうのが影響しているのかもしれない。

そんな事をぼんやりと考えながら、シズクたちを先頭にあたしとリョウは後方から歩いていく。

まあ、後はこんな感じでついていくだけだから、イレギュラーが発生しない限りは滅茶(めちゃ)苦茶(くちゃ)楽な仕事なのよね。

それこそあくびでも出てしまいそうなほどに。

今回の依頼は、ギルドが出したものだ。ここ最近、新人冒険者たちの負傷事故が多いそうで、なるべく安全な環境で育成したいとの事だ。

後ろから見ていたが、現れる魔物たちをシズクたちはバッサバッサと薙(な)ぎ払(はら)っていく。

「これなら、大丈夫そうね」

「だな」

「……で、あんたはさっきから何やってるの？」

横に並んでいるリョウからは強い魔力が放たれているのが分かる。

「魔力の操作訓練だ」

「あんた……向上心の塊ね」

「そうでもない」

それを誇らないのも……凄いのよね。

冒険者って、自分の手柄や実力を自慢する人が多い。

なのに、リョウはそういうのがない。この前、ハイウルフたちから村を助けた時だって、
その手柄を誰かに自慢することもなかった。

何より、あの時率先して困っている人たちを助けに行ったリョウは、かっこよかった。

……そう、まさしくリョウは——理想のお兄ちゃんだった。

あたしはついつい、そんなリョウの背中をじっと見てしまう。

あたしが冒険者になった理由は、児童養護施設への寄付を行うためだけではない。

……もう一つ。

それは、あたしのお兄ちゃんになってくれる存在を探すため。

あたしは、施設で最年長であり、ずっとお姉ちゃんとして振る舞ってきていた。

いつも誰かの面倒を見て、誰かのお世話をして……そんな生活をしていた。

だから、あたしはずっと憧れていた。

長年、欲しいと思っていた。

あたしが甘えられるお兄ちゃんを——。

あたしの考える究極最強お兄ちゃんは、強くて優しい人だ。

今、目の前にいるリョウは……まさにあたしの探し求めていたパーフェクトお兄ちゃん
だった。

……もしも許されるのであれば今すぐリョウにあたしのお兄ちゃんになってほしいと頼み込んで、それはもう贅沢(ぜいたく)に甘えたいという気持ちはあったが、ぐっとこらえる。

でも、ダメよ。落ち着くのよ、あたし。

こういうのは手順を踏む必要がある。

そんな事を考えながら、あたしも魔力操作などで肉体の訓練を行いながら新人冒険者を見守っていると——。

無事、ダンジョンのボスをシズクたちが討伐した。

「や、やりました……！」

嬉(うれ)しそうな様子でぱっと目を輝かせたシズクたちは、あたしたちの方へと駆け寄ってきた。

目をキラキラと輝かせるシズクたちに、リョウは落ち着いた声で応える。

「よくやったな。この調子で行けば、もうダンジョン攻略は問題ないだろう」

「あ、ありがとうございます！　全部お二人のおかげです！」

「そんな事はない。皆の日々の訓練の成果だ。これからも、頑張ってな」

「はい！　そ、その……リョウさん！　お願いがあるのですけど……いいですか？」

シズクがもじもじしながらリョウに質問をしていた。

「なんだ？」

「お、お願いがあるんですけど……あ、頭を撫(な)でてくれませんか!?」

「え？　突然どうしたんだ？」

「……そ、その……えーと……なんといいますか……」

シズクは人差し指同士をくっつけるようにして恥ずかしそうに俯いている。

周りの冒険者たちはニヤニヤとシズクを見ていて、あたしも思わず微笑ましい気分になる。

あー、なるほど。

どうやら、このシズクはリョウに何かしらの感情を抱いているようだ。

リョウが首を傾げていたので、あたしは恥ずかしそうにしているシズクに助け舟を出してやることにした。

「いいじゃない。ご褒美みたいなもんよ」

「ご、ご褒美といいますか……」

シズクがぼそりと否定するように顔を俯かせていたが、リョウは首を傾げながら頷いていた。

それから、シズクの頭を軽く撫でた。シズクはどうやら撫でられたことに嬉しさと恥ずかしさがあるようで、二つの感情が入り混じったような表情で、最終的には嬉しそうに笑っていた。

その姿を見ていたあたしは……心にずきんと僅かな疼きを感じていた。

……いいなぁ、という気持ちだった。

あたしも、シズクみたいに甘えてみたい……。

今のシズクとリョウの関係って、あたしが考えていた兄妹としての完璧な姿でもあった。

「えへへ……あ、ありがとうございます！　また、どこかで依頼とかで一緒になりましたら、よろしくお願いいたします！」

「ああ。その時は、俺の仕事を奪うくらいに強くなっててくれ」

リョウがそんな冗談を言ったところで、空間魔法を発動する。出口は冒険者ギルドへと繋がっていて、あたしたちは依頼の達成報告を行った。

外に出ると、夕方になっていて、あたしたちは軽く背筋を伸ばした。

……今日も、あたしは彼に甘えることはできなかったけど……仕方ない。

リョウと別れたあたしは、転移石へと手を触れた。

街へと戻ったあたしは、それからしばらく歩いて児童養護施設へと戻る。

夕焼けに染まる施設からは子どもたちの声が聞こえてくる。

ちょうど庭には先生と子どもたちがいて、あたしに気づいたエリンがぱっと目を輝かせて声をかけてくる。

「イナーシアお姉ちゃん！　遊ぼ！」

あたしの腕を摑んできたエリンを見て、先生が苦笑する。

「こら、エリン。イナーシアはお外で仕事してきて疲れてるのよ？」

「大丈夫です、先生。エリン、約束してたからね。これから暗くなるまで少し遊ぼっか」

「うん！」

エリンが嬉しそうに頷くと、他の子どもたちも集まってくる。

先生がちらとこちらを見てきて、少し心配そうにしていたので笑みを返す。

「イナーシア、大丈夫？　疲れている時は言ってね？」

「大丈夫です。特に今日は、一緒の仲間もいたんで」

「そう？　……いつもありがとね」

「いえ、先生たちのおかげで今のあたしがいるんですから」

「そうはいってもね。イナーシアにはイナーシアの人生もあるんだから……あんまり無茶しないようにね」

「分かってます。あたしは、皆のお姉ちゃんですから」

あたしは先生に笑みを返し、子どもたちと遊んでいく。

……ここからは、イナーシアお姉ちゃんとして頑張らないと。

食事のお手伝いをしたり、寝る時には怖がる子どもたちもいるわけで、添い寝をしてあげたり……そんな事をして、頼れるお姉ちゃんとして頑張らないといけない。

……うん、別にその仕事は好きでもあるんだけど……でも、時々猛烈に誰かに甘えたくなる。

リョウお兄ちゃん……。

どうしても心に重くのしかかり、リョウの事を思い出してしまう。

……甘えたい、甘えたい、甘えたい。

一度その事を考えると、リョウお兄ちゃんに甘えたい気持ちが溢れ出てきてしまって……あたしはその日の事をあまりよく覚えていなかった。

最近イナーシアの様子がおかしい。

俺に対して、不自然な視線を向けてくることが多い。まるで何かを言いたそうにも見えるのだが、問いかけても彼女は「別に……」とだけ返してくる。

……知らない間に俺が何かしてしまったのだろうか？

正直言って、滅茶苦茶不安に感じていた。

イナーシアの様子が変わってしまったのは、この前新人冒険者シズクたちの護衛依頼を受けた時からだ。

あの日自体はおかしくなかったのだが、その後に彼女と会った時から明確に様子が変わっていた。

もしも、イナーシアに嫌われてしまったとしたら……わりと、危機的状況ではある。

ゲーム本編が開始したら、主人公と結託して俺を殺しにくる可能性だってないとも限らない。

そうしたら、破滅エンドである。……まさか、レイスくんとしてだけではなく、リョウとしても命を脅かされることになるなんて……。

世界の運命力というか、修正力というか……レイスくんに何とか一矢報いようとしているのだろうか？

これでは、リョウとして活動していることの意味がなくなる。

リョウとして活動しているのは、レイスくんではできない屋敷外の人たちとの交流をはかり、リョウの評価を上げるためなんだしな。

「それじゃあ、ギルドに行って依頼でも受けるか？」

「分かったわ」

こくり、とイナーシアは明るく頷いてくれ、俺は空間魔法をギルドへと繋げる。

……その準備の間も、隣のイナーシアはチラチラとこちらを見てきている。俺が意識しないようにしても、気になるほどにその視線は鋭く俺に突き刺さる。

街の人々のざわめきが耳に届く中、それらをかき消すほどにまでイナーシアの視線に意識が向いてしまう。

ほんと俺、何かしたか……？

精神が乱れると魔法の制御にも影響が出るようで、ギルドへと繋げるのにもいつも以上に時間がかかってしまった。

俺がそこを潜ると、イナーシアも慣れた様子でついてきてくれる。

……嫌っては、いないようなんだよなぁ。

本当に嫌な相手なら、そもそもパーティーだって解消するはずだ。

……少なくとも今の俺はリョウなんだしな。

これがレイスとしてだったら、貴族と平民という立場もあって断るのも難しいのかもしれないが、俺たち冒険者は自由なはずだ。

ひとまず、一緒に依頼を受けてくれるのなら……いいか。

これ以上は嫌われないよう、いつも以上に優しくするようには、しないといけないかもしれないが。

ギルドに足を踏み入れると、今日も朝から冒険者と職員たちで賑わっていた。

数多くの依頼書が壁の掲示板に貼られ、冒険者たちがそれを取り囲んでいる。

受付には忙しそうに書類を扱うギルド職員が見える。

部屋中に響く笑い声や話し声などを聞いていた時だった。

「あっ、リョウさん！　今いいですか⁉」

慌てた様子でギルド職員が駆け寄ってくる。その隣には、今にも泣きそうな顔の若い冒険者たちの姿もあった。

ただごとではないと理解した俺とイナーシアは、一度顔を見合わせてから問いかける。

「どうしたんだ」

「シズクさんたちが、『悪逆の森』近くで溢れ出した魔物に襲われてしまったらしいんです……！」

「……なんだと？」

俺の問いかけに、冒険者の少女たちが赤くなった目を拭うようにしながら声を上げる。

「わ、私たちを逃がすためにシズクさんたちが囮になってくれたんです」

そう言って、ぐすぐすと泣き出してしまった冒険者たちに、俺は声をかけた。

「気にしなくていい。すぐ助けに向かうから」

俺は彼女たちの頭を撫でるようにして、落ち着かせる。彼女たちの涙で濡(ぬ)れた顔が、少しずつ平静を取り戻していくのが感じられた。

「あ、ありがとうございます……！」

「悪い、イナーシア……ちょっと予定ができたんだが」

「あたしも行くわよ」

イナーシアが笑顔ですぐさま返事をしてくれた。

「……そうか。助かる」

彼女の様子も普段通りに戻っている。

こういうところ、イナーシアは本当に頼りになる。

ゲーム本編でも、皆のお姉ちゃんとしてパーティーを引っ張っていったものであり、やはり頼りになる。

「い、依頼としてこちらで処理しておきますので、お願いします！」

ギルド職員がすぐに頭を下げてきたので、俺は軽く手を上げてそれに返事をしてから、空間魔法を発動して『悪逆の森』近くへと向かった。

『悪逆の森』。

俺が小さな頃、そこを訪れたことはある。

……高レベルの魔物が住み着いているダンジョンだ。

生い茂る木々や周囲に満ちた魔力には、思わず体が震えだすほどの威圧感があった。

俺たちが『悪逆の森』近くへと到着すると、すぐに戦闘の痕跡を見つけることができた。

荒れた地面にはシズクたちのものと思われる足跡がいくつも見られた。

……『悪逆の森』へと、足跡は向かっている。

恐らくだが、外で戦闘を行うよりは木々を利用した方がいいと考えたのだろう。

「急ごう。たぶんあっちにいるはずだ」

「……そうねっ」

足跡を辿るようにして、俺たちは走り出した。

……『悪逆の森』のダンジョンは、ゲームではいくつかのエリアに分かれていた。

エリア１からエリア５までに分けられたここは、数字が大きくなるにつれて魔物が強くなっていく。

エリア５に出現するような魔物ともなれば、今の俺たちでもどうなるかは分からない。

木々の間を抜けると……すぐにシズクたちの姿が見えてきた。

……怪我を負いながらも、どうにか耐え切っている様子のシズクたち。

彼女たちは狼のような魔物に囲まれ、なんとかといった様子で立っている。

あの魔物は、ゲーム本編でも見たことがあるな。

「……う、ウルフェンビーストね。こいつら、エリア3に出現するような魔物よ……？」

今俺たちがいる場所はエリア1の辺りだろう。

このエリアに関しては、賢者が作り上げた結界によって分けられているわけで、それらを自由に行き来するということはそれだけ結界が弱まっていることの証明にも繋がる。

……スタンピード、とまではいかないがやはり『悪逆の森』が危険な状態であることは間違いない。

ウルフェンビースト。

鋭い爪と血赤色の目を持つこいつらは、熊のような体格と見た目ではあるのだが、顔つきは狼そのもの。

狼と熊を混ぜたような力強さを持っているそうだ。

群れで行動するようで、ゲームでもだいたい複数で出現していた。おまけに、弱っている獲物をいたぶる性格の悪さも持ち合わせているとか何とか、モンスター図鑑の説明には書かれていたな。

少なくとも、冒険者になりたてのシズクたちでは歯が立たない魔物なのは確かだ。

俺はすぐに地面を蹴り付け、シズクへと鋭い爪を振り下ろそうとしていたウルフェンビーストの前に割り込み、その腕を切り裂いた。

「ガアアア!?」

同時に、周囲にいたウルフェンビーストたちへ視線を向け、空間魔法を発動する。

こちらの魔法に気づき、慌てて逃げようとする奴らもいたが、半分ほどは巻き込むことに成功し、その体を切断して仕留める。

……今の短剣だと、さすがに斬れ味が少し悪い、か。

そもそも、ここまでの相手と戦うつもりでこの短剣を携えてはいない。

あくまで、レベルアップ時のステータス上昇効率がもっといいものを持っていたわけで、戦闘向きじゃないんだよな。

「りょ、リョウ……さん……？」

「シズク、大丈夫か」

「は、はい……！」

シズクと仲間の冒険者たちの表情がぱっと明るくなった。

生き残ったウルフェンビーストたちが警戒するようにこちらを見ていたので、俺はすぐにイナーシアへと指示を出す。

「イナーシア、シズクたちを守れ！」

「任せなさい……！」

イナーシアは指示を受けてすぐに動き、シズクたちを守るように風魔法を周囲へと放つ。

巻き込まれたウルフェンビーストが警戒するように後退していく。

……さて、やるか。

俺は短剣を握り直し、ウルフェンビーストの群れに飛び込んだ。

ここ最近、ひたすらに鍛えた敏捷性を活かすならここだろう。

一瞬でウルフェンビーストの懐へと入り、その首を斬り裂いた。

悲鳴を置き去りにするようにして、即座に次の一体へと仕掛ける。

鋭い牙と爪で反撃してくるが、ウルフェンビーストの攻撃は当たらない。

……ゲームとは違い、ダメージを与えた量で仕留めるのではなく、急所を切り裂けば死ぬのだから、一体にかける時間が少なくて済むのはいい。

逆に言えば、どれだけ鍛えても急所に攻撃が当たれば俺だって死ぬってことでもある。

「ガアア！」

向こうも高速で仕掛けてきて、俺の頬を攻撃が掠める。

この野郎……。

向こうに反撃の隙を与えてはいけない。……さらに速く……一気に仕留める……！

ウルフェンビーストたちに、息を整える隙も、体勢を立て直す時間さえも与えず、次から次へ攻撃を叩き込んでいく。

「ガアッ！」

一匹のウルフェンビーストが背後から飛びかかってくる。

反射的に振り返って短剣を振り抜いた。

その脇から襲い掛かってきたウルフェンビーストを殴り飛ばすように、弾いた。

俺がゆらりとウルフェンビーストたちの前に立ちはだかると、

「ガアアア……！」

ウルフェンビーストたちは恐怖するように叫び、逃げ出していく。

だが、逃がすつもりはない。ここで逃げ延びた奴らが繁殖したら、生態系がぶっ壊れる可能性があるからな。

空間魔法で移動し、ウルフェンビーストを切り裂いて仕留めた。

これで、終わりか。

短剣についた血を払いながら、俺は周囲の死体の山を見る。

……思ったよりも戦えたな。

確実に成長している。

この調子なら、スタンピードも……問題ない可能性はある。

……ただ、ゲームでのスタンピード発生時には敵のレベルなども上がっていた。

今勝てるからといって、油断はできない。

ウルフェンビーストとの戦闘を終えた俺が、そこで一つ呼吸をすると、シズクがこちらへと駆け寄ってきた。

「リョウさん……いや、リョウ様……！　お怪我はありませんか!?」

リョウ様？　ちょっと疑問はあったけど、まあいいか。

「こっちは大丈夫だ。シズクは？」

「リョウ様のおかげで大丈夫です」

「そうか。……まあ、人助けはいいが、自分が死にかけたら意味がないんだからな」

「はい……」

軽く注意をすると、シズクは少し落ち込んだように見えた。

……そう素直に落ち込まれてしまうと俺としては申し訳ないと感じる部分もある。

ただ、これはちゃんと伝えておかないといけない。

仮に誰かを助けても死んでしまったら、その場限りで語られる美談として終わってしまうだろう。

俺は、シズクたちにそんな事をさせたくはなかった。

……とはいえ、落ち込ませたままではダメだ。

俺はそのまま彼女の頭を撫で(な)て元気づける。

「ただ、心意気は大切にな。次は、自分の力で守れるようにな」

「……はいっ。もっと、強くなります！」

俺はシズクたちを連れてギルドへと戻った。

……その途中、イナーシアからのねっとりとした視線が再び感じられ、俺はその理由について考えていたのだが、原因は分からなかった。

空間魔法を使い、黒い渦を展開してギルドへと移動する。

救助に向かった時と同じ場所へと移動すると、冒険者たちが集まっているのが目に入った。

……かなり、注目を集めているようだ。俺の後から黒い渦を潜るようにしてシズクたちがやってくると、周囲の人たちのどこか心配そうな雰囲気が薄れ、ざわめきが広がっていく。

「……あれが、リョウの空間魔法かよ」

「……マジで、転移石みたいに自由に移動できるのか」

驚きと戸惑いの入り交じった声が聞こえてくる。

俺の魔法について聞いている人たちもいるようだが、実際に自分の目で見るまでは半信半疑、といったところなんだろう。

そんな冒険者たちの視線の間を抜けるようにして、ギルド職員と冒険者たちが駆け寄ってきた。

「シズクさん！　良かった、無事なんですね！」

俺に救助を求めて泣きついてきた冒険者が、シズクたちに涙ながらに抱きついている。

そちらは彼女たちに任せ、俺はギルド職員へと視線を向ける。

「全員の救助は無事済んだ。それと、シズクたちを襲っていたウルフェンビーストたちの討伐も完了した」

「う、ウルフェンビーストですか⁉」

驚いた様子で声を上げたギルド職員に周囲も再びざわざわと声が溢れていく。

「ああ。ウルフェンビーストだと思う」

「『悪逆の森』のエリア3から出てきていた、ということでしょうか？」

「かもしれないな」

「……と、とりあえずギルドリーダーに報告してきます！　リョウさんにも会いたいと話していたので、しばらくお待ちください！」

「了解だ」

ギルドリーダーか。

なんか、毎日あちこちで問題が発生しているようで、忙しくてだいたいいつもギルドにいないという話は聞いていた。

今日はいるんだな。

去っていくギルド職員の背中を見送りながら、俺はウルフェンビーストについて考えていた。

魔物の召喚に関しては、ゲーム本編でも似たようなイベントは何度も起きていた。魔王曰く、召喚場所などは指定できないが魔界より魔物を召喚する力は持っているらしい。俺もそれ以上の事は知らなかった。

……これらは、ランダムクエストという扱いなので、いくらゲーム知識を持っていたとしても対応はできないんだよな。

そんな事を考えていると、シズクたちがこちらへとやってきた。

「リョウさん！　イナーシアさん！　ありがとうございました！」

「気にするな。依頼として受けただけだ」

助けた事自体は確かだが、あくまで裏がある中での救助なのだから、そこまで感謝されるところとしても申し訳ない気持ちになってくる。

「それでも……リョウさんたちがいなかったら、……大変なことになっていたと思います……本当にありがとうございました！」

ぺこり、と皆が頭を下げてくる。それを拒否するというのもまた違う話だろうということで、俺はひとまず頷いておいた。

彼女らの感謝を受け取っていると、強面の男性がやってきた。

男性の隣には先ほどのギルド職員もいて、たぶんだが彼がこのギルドの管理を任されているギルドリーダーではないだろうか。

年齢としては中年、というくらいか。長年苦労しているのか、皺の多い顔にはいくつか傷もついていて、その迫力はかなりのものだ。

前世でこんな人を見かけたら、ヤクザとか裏稼業の人間なのではないかと思ってしまうようなその男性は、俺の前までやってくると、じっとこちらを見てきた。

「お前が……最近話題の冒険者のリョウか？」

渋く低い声。体の奥底に響き渡るようなその声に、俺は少し怯む心もあったのだが……それはリョウらしくない。

あくまで、今の俺はリョウとして、堂々としておかないとな。

「話題かどうかは知らないが、一応冒険者のリョウだ」

「……」

じっと、こちらを睨んでくる。

な、なんだ……？

これまで、冒険者として問題を起こしたことはないと思う。

野郎に睨まれても、性的興奮を覚えないのでただただ怖いだけだ。

ここまで睨まれる理由に心当たりはなく、俺がじっと目線を合わせていると。

彼は俺に深々と頭を下げてきた。

「リョウ、本当にありがとう。ここ最近、異常に魔物が出現していてな。あちこちで、お前に助けられたという冒険者たちの声を聞いていたもので……どこかで直接会ってお礼を伝えたかったんだ」

顔を上げてきたギルドリーダーは、なおも険しい表情のままだ。

……いや、違うのか。

この人は、恐らくこの強面のどこか睨んでいるような顔がデフォルトなんだ。

……もうちょっと、笑ってほしいものだな。

「俺も報酬をもらって助けている時もあるわけだ。冒険者とはそういう関係なんだし、気にしなくてもいいだろう」

「……そう言ってくれると助かる。……ところで、リョウに少しお願いしたいのだが」

「なんだ？」

また、新しい依頼だろうか？　どちらにせよ、冒険者としての知名度を上げられそうな依頼なら、引き受けるつもりだ。

「……ギルドの専属冒険者になってはくれないか？」

「専属冒険者、か」

専属冒険者。

活動拠点をこの街に固定し、ギルドに勤める冒険者たちの事だ。他の冒険者たちとは違い、ギルドからちゃんと給料も支払われるが、その代わりギルドで余ってしまっている依頼などの処理を行う。

他にも、今回の俺が対応したように緊急依頼が発生した時に動いたりするわけで、確かに俺の能力と専属冒険者は相性が良かった。

それに、普通の冒険者とは違い、ギルドが雇っているわけで専属契約分の給料などは支払われる。

冒険者は皆不安定な稼ぎで仕事をしていくのだが、専属冒険者は違うため、この立場を目指す冒険者は少なくない。

とはいえ……俺とは相性が悪い。

そもそも、リョウとしてだけではなくレイスとしても生活をしているわけで、この状況でギルドの緊急依頼に毎度のように対応できるはずがない。

何より、専属冒険者は……他の冒険者たちが受けたがらないような割に合わない仕事を押し付けられることも多い。

……色々と、俺にとっては不都合なんだよな。

周りの冒険者たちの反応は、俺に対して羨ましがるような視線が多い。冒険者は不安定な職業なわけだから、憧れる人がいるのも分からないではない。

「専属冒険者か。ありがたい提案ではあるが……断らせてもらってもいいか」

俺が否定すると、周囲からは驚いたような声が響いた。

ギルドリーダーもまた、同じように目を見開いている。

「……それは、どうしてだ？」

「俺は、冒険者だ。冒険者として最強を目指している。……専属冒険者になれば、自由に活動ができなくなり、俺自身の最強への道が邪魔されることになる」

「……なるほど、な。安定、ではないんだな。残念だが……分かった。お前の夢を、一個人として応援しよう」

ギルドリーダーがぶるりと一瞬震え、どこか嬉しそうに口元を緩めていた。

「それは助かる」

「……それならば、クランからの誘いはどうする？　今も、お前を誘いたいという有名クランがいくつかあるんだ」

……クラン、か。

ゲームにもあったが、要は冒険者たちが集まった会社のような組織だ。

入っておくと色々と利点があるのは確かだが……それも俺がレイスとリョウの両方で活動している現状では難しい。

「それも、今は考えていないな。俺は自由に活動したいんだ」

「そうか……それなら、断っておこうか」

「ああ。また入りたくなった時に声をかけさせてくれ」

特に、怒られるとかそういう事はないようだ。

提案を断って怒られるのではないかと心配していたが、問題なさそうだ。

ギルドリーダーとの会話はそこで終わったが……俺としては、彼と交流できたことだけでも十分だった。

「イナーシア、今日は依頼じゃなくてダンジョンに行くっていうのでもいいか？」

「ええ、いいわよ」

ひとまず、今回の依頼は片付いたので俺たちはそのままギルドを後にした。

……なんだかんだやっていて時間が経ってしまった。

そんなに時間的に余裕があるわけでもないため、今日はダンジョンで適当に魔物狩りをしてレベル上げをすればいいだろう。

「バタバタしてしまって、悪かったな」

「別に。気にしてないわよ」

「いや、俺の都合に無理やり付き合わせてしまったんだからな……とにかく、協力してくれてありがとう。助かった」

彼女がいなければ、あの場での戦闘ももっと大変だった。

俺がそう答えると、イナーシアはどこか嬉しそうに口元を緩めていた。

「気にしなくていいわよ、お兄ちゃん」

ん？

「……お兄ちゃん？」

今、イナーシアが何か意味の分からない呼び方をしていた。

俺が問いかけると、イナーシアは「あっ」と短く声を上げる。それから、ぽりぽりと頬(ほお)をかいた。

「え、えーと……その………あぁ……もぅ、無理かも……」

イナーシアがしどろもどろな様子で、こちらを見てくる。

俺が首を傾(かし)げていると、彼女はため息を吐いた後、じっと顔を寄せてきた。

「ど、どうしたんだ？」

イナーシアの表情がちょっと怖い。彼女は目を泳がせ、それからまたいつもの興奮した様子で鼻息を荒くしてくる。

それから、鬼気迫る表情でがしっと肩を摑(つか)んでくる。

「ちょ、ちょっとついてきてくれない……？」

「い、いや、怖いんだが……」

「なら、もうここでいいわ！」

「何がだ？」

「あんた、あたしのお兄ちゃんになりなさい！」

堂々とした、謎の命令。意味分からん。

「な、なんだ⁉」

「あんたはあたしの理想のお兄ちゃんなのよ！」

なんだ、こいつは⁉

イナーシアの言葉が、まるで理解できない。同じ言語を使っているはずなのに、右の耳から左の耳へとすり抜けていくような、脳がバグるような感覚。

この感覚を、俺はつい最近にも感じていた。――リーム！　あいつが、俺の匂いフェチを宣言したあの時と、まったく同じ感覚……！

これ以上、厄介ごとを抱え込みたくはない。俺はイナーシアから距離を取ろうとするが、背後は壁で逃げられない！

「イナーシア、一体どうしたんだ⁉」

「あたしは……ずっと理想のお兄ちゃんを探していたのよ……」

深刻そうな顔で意味のわからんことを語らんでほしい。

「……理想のお兄ちゃん？」

「そうよ……！　あたしは、いつもいつも誰かに甘えられるような立場になってばっかり

なのよ！　たまには、誰かに甘えたいの！　だから、あんたをあたしのお兄ちゃんにして、甘えたいってずっと思ってたのよ！」

血走った目をこちらに向けてくるイナーシア。

……俺は、改めてイナーシアというキャラクターについてを思い返す。

イナーシア。

児童養護施設出身のキャラクターで、冒険者になった理由だって、施設の子どもたちを養うためだ。施設自体はヴァリドー家の予算で運営されているのだが……まあ、もちろんその予算も大して多くはない。

そういうわけで、イナーシアは子どもたちや自分を育ててくれた先生のために、冒険者となって恩返しをすることに決めた。

そんなイナーシアはパーティーの頼れるお姉ちゃんという感じであり、ゲームのプレイヤーからもお姉ちゃん、あるいは母と呼ばれているようなキャラクターだ。

そんなイナーシアの友好度を上げていくと、主人公に対しては少しだけ弱い部分を見せることもあった。まさに、今言っていたように「甘えさせて」というものだ。

とはいえ、ここまで暴走しているようなものではない。ゲーム本編でのイナーシアのセリフとしては「たまには、あたしも甘えたいのよね」みたいな感じで、主人公に膝枕をねだるような可愛（かわい）らしいもの。

普段強気なイナーシアが見せる可愛らしい一面を見られるという程度のものだった。

そんな、可愛らしい一面が……なぜ、こんな状態になっているんだ？

「冷静になれ、イナーシア。俺は今十四歳だ。お前は何歳だ？」

「え？　あんた十四歳だったの!?」

驚いた様子でこちらを見てくる。

しまった！　イナーシアの突拍子もない様子に、思わず年齢を言ってしまった。

今更、修正はできないので俺は慌てて言葉を続ける。

「そうだ。そういうわけで、俺とお前の年齢的に、俺はお兄ちゃんではない。仮に、兄妹などの話をするとしたら……俺は弟で、お前は姉になるんだ。まずここまで理解できるか？」

「年下の弟に甘えるのも、それはそれでいいじゃない？」

「イナーシア、ひとまず……深呼吸をするんだ」

「すーはー……すーはー……」

「おお、落ち着いたか？」

「当たり前じゃない。それで、いつあたしは甘えていいの？」

うん、全然治ってない！

「なんで俺なんだよ！」

「何度も言っているでしょ!?　あんたがあたしの理想のお兄ちゃんなのよ！」

中身はレイスくんだぞ！　原作では不人気な悪役なんだぞ！

「ほら！　さっさとあたしを抱きしめて、頭撫で撫でして、『今日もイナーシアは頑張ったね、偉い偉い』って褒めなさいよ！」

　イナーシアは俺の腕を摑み、無理やりに先ほどの発言を実行させるように俺の腕の中におさまってきた。

　それから、上目遣いに睨んでくる。

……もう、ダメそうである。

　先日、リームにも似たように詰められたことがあり、あの時も俺はすべてを諦めた。

　もう……さっさと終わらせてしまった方がいいだろう。

「……キョウモ、イナーシアハ、ガンバッタネー。エライエライー」

「えへへ……ありがとう、お兄ちゃん……でへへへ」

……今ので、満足らしい。

　それからしばらく、イナーシアを甘やかしていると、彼女は満足そうな笑顔になっていた。

　彼女の顔には安堵の色が浮かび、その表情にはまるで幼い子どもが親に甘えるような無邪気さがあった。

「うん……もう、大丈夫だわ。ふう……もうずっと溜め込んでいたものを吐き出せて大満足だわ……」

　彼女はそう言って、満足げに深呼吸をした。

　俺はなんだか疲れてしまった。イナーシアを抱きしめられるというのは、それは確かに俺としても役得ではあるのだが、とはいえこの関係をなんと言ったらいいのか。彼女の頭を撫でながら、これからの関係について考える。

　イナーシアは、ゲーム本編で主人公に見せた、びしっと人差し指をこちらに突きつける決めポーズとともに、

「これからは会うたび、あたしの事を甘やかすのよ、お兄ちゃん」

　……脳が理解を拒むセリフを放った。

「……お兄ちゃん呼びは、やめてくれ」

「そうね。甘える時だけにした方が、力も溜められるし……それはいい案ね！」

　俺がノリノリで提案したみたいに聞こえるんで、やめてくれます？

　すっかり楽しそうなイナーシアに、俺はため息を吐くしかない。

　まあ、嫌われるよりは全然マシではあるか……。

第七章　鍛冶師ヴィリアス

「それじゃあ、そろそろ訓練でも始めない？　お兄ちゃん」

イナーシアは勝ち気な笑みとともにそう言ってきた。

「その呼び方はやめろ」

まだ朝早い時間。いつものように空間魔法で屋敷を抜け出してきた俺は、イナーシアと合流してギルドの訓練場へと来ていた。

イナーシアが持っていた槍（やり）を構えたので、俺も空間魔法を発動して黒い渦から短剣を取り出した。

お互いに武器の準備を終えたところで、模擬戦を開始する。

……最近では、イナーシアとともに冒険者活動を行っていた。

イナーシアから誘われたからではあるのだが、俺としても都合が良かったからだ。

というのも、イナーシアは【指導者】スキルを持っているからだ。ていうか、ゲーム本編に出てくるキャラクターは、スキルレベルに差はあれどリーム含めて全員【指導者】スキル持ちだ。

魔物を倒した時にもらえる経験値は、パーティー人数が増えれば減少してしまうが、【指導者】スキルによって戦闘での行動などによる基本ステータスの上昇量は大きく増えることになる。

　どうせ、レベル上限なんていつかは迎えるわけで、だったら最初から基本ステータスの強化を行っていくように鍛えた方が、最終的には効率が良くなるというわけで、俺はイナーシアとともに活動していた。

　しばらくお互いに戦闘訓練をしていたのだが、先に音を上げたのはイナーシアだ。

「……あんた、相変わらず強いわね」

「そうでもない。俺よりも強い奴は、いくらでもいる」

「そういう謙遜しているところが……あたしのお兄ちゃんとして完璧ね」

　意味が分からん。

　……少なくとも、今のレベルやステータスはゲーム本編をクリアできるほどではない。

　もっと強くなっておかないと、どこで主人公に命を狙われ、破滅エンドを迎えるか分からないからな。

　……それに、俺の腕の問題だってそうだ。

　ゲーム本編が始まるまで、もうそれほど時間がない。……その間に、確実に大きなスタンピードが発生して、魔物たちに襲われることになる。

　それまでに、もっと力をつける必要がある。

　休憩を挟みながら訓練を行った後、俺たちはギルドへと向かう。

　後はイナーシアと一緒に依頼を受けて、冒険者ランクを上げていくことになる。

冒険者ランクを上げると、ゲームでは特別な依頼などを受けることもできた。……ゲーム本編はまだ始まっていないため、ゲーム本編にあったような依頼は受けられないかもしれないが、それでもランクを上げておく価値はあるだろう。

ギルドへと入り、まっすぐに受付へと向かっていると、途中ですれ違った冒険者がこちらへと声をかけてきた。

「あっ、リョウさんとイナーシアさん！　この前は助かったぜ、ありがとな」

声をかけてきた冒険者は……この前街の外で助けた人だな。

普段見かけない魔物が街の外に突如として現れ、それに襲われてしまっていたのだ。

また魔王が適当に召喚したものに巻き込まれたのだろうな。

「気にするな」

「そうそう。冒険者同士、助け合うのが普通なんだし、次何かあたしたちが困っていたら助けなさいよ」

「はは、そうだな。何かあったら言ってくれよ」

ばしっと冒険者が胸を叩き、嬉しそうに笑っていた。

受付に並んでいると、色々な冒険者に声をかけられる。……皆から感謝の言葉を伝えられていると、イナーシアが呆れたようにこちらを見てきた。

「あんた、あたしと一緒に活動していない時も、あちこちで人助けしているの？」

「別に、そういうつもりで動いているんじゃないんだけどな。困っている人がいる時は助けてるが」

……そもそも、俺がリョウとして活動している理由の一つが、冒険者としての信頼の獲得だ。

レイスのままでは外では活動できないため、屋敷の外で使える戦力を集めるために、リョウの名前を広めているわけで、それには救助が手っ取り早い。

「……やっぱり、あたしのお兄ちゃんは最高ね」

だから、やめい。

……というか、この世界の人たちは自分の命を軽視しすぎなんだよな。

ダンジョンに潜った時に助けることが多いのだが、彼らは何か常にぎりぎりのダンジョンに挑んでいることが多く、内部で負傷して動けないとかそういう人が多かったのだ。

……まあ、もしかしたらゲームシステムが影響しているのかもしれない。

ゲーム本編でも、『仲間がダンジョンで負傷して戻れなくなってしまったので、救助の協力お願いします』みたいな依頼がいくつかあったからな。

そういうわけで、結構困っている人を見かけるのが多く、目にとまった範囲で人助けをしていた結果……めっちゃ周りから感謝されるようになった。

まあ、いいんだけどね。俺の計画通りではあるわけだからな。

受付に向かうと、こちらに気づいた職員が柔らかな笑顔を向けてきた。

「あっ、リョウさん、お待たせしました。本日はどのような用件でしょうか？」

「新しいダンジョンが発見されたという話だっただろう？　そこの調査許可が欲しくてな」

「調査の依頼を受けてくださるんですね！」

……昨日ヴァリドール近くに、新しいダンジョンが発見されたそうだ。まだ内部の地図や出現する魔物についての詳細が分かっていないため、現在調査員を募集中との事だ。

「分かりました！　リョウさんとイナーシアさんであれば条件は満たしていますね。こちらの通行証をお受け取りください」

現在、入り口には冒険者が立っているため、内部へ勝手に入ることはできない。

差し出された二枚の通行証を受け取りながら、俺は問いかける。

「内部で発見した宝などは自由に使っていいんだな？」

「はい。問題ありませんよ。その代わり、ダンジョン内部の情報で分かったことがあれば報告お願いいします」

「了解だ」

俺は職員へそう返事をしてから、ギルドを後にした。


ギルドを出たところで、イナーシアが声をかけてきた。

「ほんと、すっかり有名人になっちゃったわね、あんた」

「目立つ格好が原因だろうな」

全身黒い服で、おまけに仮面までつけているのだから、まず見た目で注目されるんだろう。

ただ、冒険者として目立つのは決して悪くない。屋敷の外にレイスとして出られない現状では、リョウとして知名度を上げておきたいと思っていた。

いざという時に、この立場を使える可能性があるからだ。

「まあ、あんた面倒見いいものね。ほら、あたしの頭も撫でてちょうだい」

「いつも撫でるとは言ってないだろ。依頼を達成したらだ」

「んもー、仕方ないわね。お兄ちゃんがそう言うなら、頑張るわね」

……こいつ、どこまで本気なんだろうな。

「ひとまず、ダンジョンの近くに移動するぞ」

「え？　もう行けるの？」

「一度、様子を見たことがあったからな」

「へぇ、一人で先に入らなかったの？」

「……入れると思っていたら、許可証が必要だと言われてしまってな」

俺がそう言うと、こちらを見ていたイナーシアが苦笑した。

「あはは、あんたそういうところ抜けてるわね。でも、そういうのもいいお兄ちゃんね」

うるせえやい。

ゲーム本編でこんな細かい設定はなかったので、知らなかったんだよな。

黒い渦を作り、新しいダンジョン近くへと移動する。

ダンジョンの入り口近くに出ると、警備していた冒険者が驚いたようにこちらを見てきた。

だが、俺の姿に気づくと、安心した様子でほっと息を吐いていた。

「リョウか。ギルドの許可は下りたのか？」

「ああ、この通りだ」

俺が見せつけるように許可証を渡すと、彼は苦笑とともにそれを確認した。

「……中にいる魔物は聞いているか？」

「一応な」

「まあ、それならいいが、気をつけろよ？　かなりの難度になるからな」

「分かっている」

そんな会話をしてから、俺たちは赤い渦を潜り抜け、ダンジョンへと進んでいった。

「あたし、何も聞いてないんだけど、どんな魔物が出るのよ？」

「ミスリルゴーレムだ」

「……え？　それってあたしたちで倒せるの？　確か、あいつらってかなり頑丈じゃなかったっけ？」

イナーシアが当然の疑問をぶつけてきた。

とはいえ、それは織り込み済みだ。

「まあ……そうだな。攻撃が通らないかもしれないが……ひとまず様子を見てみるぞ」

……やろうと思えばどうにかなるかもしれない。

俺の狙いは、そこではない。

……このダンジョンは、もしかしたら俺のゲーム知識にあるダンジョンなのかもしれないということだ。

ずっと考えていた、武器をどうするのかという問題についても、もしかしたら解決できるかもしれないんだ。

赤い渦の先には、落ち着いた遺跡のような道が続いている。少し薄暗いとは思うが、戦闘をする上では問題ないだろう。

周囲をじっと観察していると、イナーシアが問いかけてくる。

「あんた、どうしたのよ？　何か気になる物でもあるの？」

「……まあ、そうだな。こういうダンジョンは初めてでな」

とりあえず、そう返しておきながら……周囲の景色とゲーム内で見たミスリルゴーレムダンジョンを重ねる。

うん、間違いない。

……やっぱり、ここは俺が知っているゲーム内のダンジョンと同じだ。

これなら、もしかしたら無理やりゲーム本編にあったイベントを起こすこともできるかもしれない。

一度、ダンジョンから出てヴァリドールに戻ろうかと思ったが、何もしないで帰るとなるとイナーシアに不思議がられるだろう。

ミスリルゴーレムと戦ってから、街に帰還する方がいいな。

俺たち以外にダンジョンの調査をしている人はいないのか、内部はかなり静かだ。そんなダンジョンを進んでいくと、眼前に霧のようなものが集まってくる。

イナーシアが警戒するように槍を構えると、眼前にミスリルゴーレムが現れた。

じろりと周囲へ視線を向けるミスリルゴーレム。

金属の光沢を放つ巨体がゆっくりと動き出す。

「……そう言えば、ミスリルゴーレムってミスリルをドロップすることがあるのよね？」

「そうだ」

「あんた武器作りたいって言っていたし、こいつを倒して素材でも集めるの？」

「そんなところだな。……ひとまず、イナーシア、戦ってみてくれないか？」

「あんたはどうするのよ？」

「俺は空間魔法の準備をしておく。イナーシアの攻撃が通らないと思ったら、そっちで仕掛ける」

「分かったわ」

俺の空間魔法の威力を知っているためか、イナーシアはすぐに頷（うなず）いて準備を始める。

ミスリルゴーレムは非常に強力な敵だが、レアドロップのミスリルは、武器の更新にとって欠かせない素材でもある。

イナーシアが地面を蹴りつけ、その速度を活かすように風魔法を発動する。……すでにイナーシアのレベルも原作開始時点よりも高いと思われる。

彼女が使っているスピードブーストの魔法は、原作開始時点では使えなかったはずだからな。

これなら、もしかしたらミスリルゴーレムにもダメージが通るかもしれない。

そんな事を考えていると、両者の戦闘が始まった。

イナーシアが速度を活かして攻撃を放つと、ミスリルゴーレムの巨大な拳が地面に激突し、その衝撃で足元が揺れる。

地面を蹴り、跳躍したイナーシアがミスリルゴーレムへと迫るが、攻撃はかなり通りづらいようだ。

槍を弾かれたイナーシアは、反転するようにしてミスリルゴーレムの攻撃をかわす。ミスリルゴーレムも思ったよりも動きが速いな。

後退しながらイナーシアが即座に風魔法を放ったが、ミスリルゴーレムは魔法を弾くように受け止めた。

「魔法耐性もあるって……リョウ！　こいつ、たぶんあたしじゃ無理よ！　どうするの⁉」

「そうか」

……今のイナーシアならどうにかなるかもしれないと思ったが、これでも難しいか。

仕方ない。なら、俺の魔法を試すとしようか。

俺はミスリルゴーレムをじっと観察し、その体へと空間魔法を放つ。

黒い渦がミスリルゴーレムの体を飲み込むように現れる。即座に危険を察知したのか、ミスリルゴーレムが回避しようと動いた。

……ちっ、反応が早い。

体の半分ほどが外れてしまったところで、俺はその空間魔法を閉じ、ミスリルゴーレムの腕を切断する。

「ガアア⁉」

驚いたようにミスリルゴーレムが声を荒らげる。一体どこから音を発しているか分からないが、ひとまずダメージは通った。

……まだまだ、空間魔法の展開速度を早める訓練を行わないといけないな。

魔物相手に使うには精度を向上させる必要があるなと考えていると、まだ倒れず、こちらを睨みつけてきたミスリルゴーレムが、無事だった片手を向けてきた。

そして、ミスリルの矢のようなものを放ってきた。

……厄介な攻撃だが、俺は俺の眼前に空間魔法を展開し、その攻撃のすべてを飲み込む。

同時に……ミスリルゴーレムの背中側に出口となる黒い渦を展開する。

先ほど飲み込んだミスリルゴーレムの攻撃をそこから放ち、ミスリルゴーレムの背中を撃ち抜く。

「ガア⁉」

さすがに、自分と同じ強度を持つミスリルの矢はそれなりにダメージがあるようだ。

それでもまだ倒れない。

隙だらけとなったミスリルゴーレムの体を飲み込むように黒い渦を展開する。

驚いたミスリルゴーレムが逃げようと動いたが、今度は先ほどよりも早く渦を閉じ、その体を真っ二つにえぐった。

「……ガアア」

体が崩れ落ち、ミスリルゴーレムの赤い目が電源を落としたように消えていく。

倒れたミスリルゴーレムが崩れ落ち、ダンジョンに溶け込むように消滅したのを確認した俺は、ドロップしていた魔石を確認する。

ミスリルはないか。

レベルアップはしたのか、体が軽くなる感覚はある、恐らく今の俺の適性レベルよりも難度の高いダンジョンだからな。

ただ、さすがに魔力を使いすぎたな。

「あんた……ミスリルゴーレムを余裕で倒せるなんて相変わらず規格外ね」

「いや、これでもわりとぎりぎりだぞ。魔力を使いすぎたからな」

「そうなの？　顔が見えないとまったく分からないわよ」

「とにかく、イナーシアの攻撃も通らないとなれば一度街に戻るしかないな」

「……そうね。悪かったわね、足を引っ張っちゃって」

「別に、そんな事はない。気にするな」

イナーシアは申し訳なさそうにしていたのだが、俺としてはまったくもって気にしていない。

むしろ、口元が緩んでしまう。

もしかしたら、これで鍛冶師ヴィリアスのイベントを起こせるかもしれないからな。

空間魔法を発動し、俺たちは一度ヴァリドールへと戻った。


「これからどうするのよ？　今のあたしたちじゃ、あそこの攻略は無理そうよ？」

イナーシアからの問いかけに、俺は少し悩む振りをする。

俺はこれから、鍛冶師ヴィリアスに会いに行くつもりだった。

ゲーム本編で、最強ともいえる鍛冶師の一人だ。

ただ、恐らく現状では仲間にするためのイベントはまだ発生していないはずだ。

ここからは、少し賭けでもある。

彼女とのイベントをどうにか無理やりに起こして、ミスリル装備を作ってもらうつもりだ。

だが、問題がいくつかあるんだよな。

実を言うと、イナーシアを今回の依頼に同行させるかどうかは迷っていた。

理由は、リームの時と同じだ。

イナーシアとヴィリアスは原作で初めて出会うからなぁ……。

ヴィリアスはゲーム本編で絶対に仲間になるキャラクターの一人だ。

鍛治の天才にして、生活能力皆無な美少女、ヴィリアス。

……イナーシアとヴィリアスを合わせることは少し迷ったが、まあそこまで悪影響は出ないだろう。

少なくとも、ゲーム本編が開始した時に二人の仲が良い方が、主人公としてもやりやすいはずだ。

感謝しろよ、主人公くん。

「ちょっと鍛冶師に会いに行って、武器を作ってもらうつもりだ。ついてくるか？」

「もちろんよ。ミスリルゴーレムを倒すなら、あたしも新しい武器作ってほしいし」

俺はイナーシアとともにヴィリアスがいる家へと向かう。

やがてたどり着いたのは一般的な二階建ての建物。

周囲には武器屋なども並んでいるのだが、ここは特に看板などは出ていない。

その建物の前で足を止めると、イナーシアが首を傾げてきた。

「……鍛冶師って言っているけど、ここお店じゃないわよね？」

「知り合いから聞いた話によると、昔はここで店を開いていたそうだ」

ヴィリアスの師匠が亡くなってから、ヴィリアスは店を閉めた。

というのも、まだヴィリアスは自分の【鍛冶師】スキルが店を開けるほどのものではないと考えていたからだ。

……まあ、ゲーム本編開始時点でも十分能力は高かったんだけど、ヴィリアスが満足していなかったんだよな。

とはいえ、今は色々と悩みを抱えている状況なわけで、それを解決する必要がある。

ひとまず、扉をノックしてみる。しかし、反応はない。

……まあ、それは分かっている。ゲームでも正面突破は無理だったからな。

ゲームでは、ヴィリアスを知る人たちから話を聞き、『ミスリル』を探しているという情報を手に入れてから、ミスリルゴーレムが出現するダンジョンについての話をすることで、ようやくヴィリアスに会うことができる。

ただ、俺はそんなフラグを立てるのは面倒だ。そもそも、俺の目的は彼女の鍛冶能力だ。細かいフラグはどうでもいい。

「ここに、ミスリルを加工できる【鍛冶師】がいると聞いたが、いないのか？」

声を張り上げながら、何度かノックしてみる。

……声が聞こえていれば、反応があるはずだ。そう思っていると、どたどたと駆けるような音が聞こえてきた。

そして、ゆっくりと扉が開くと……ぼさぼさの青髪の女性がじろーっとした目を向けてきた。

服はどこか小汚く、髪も似たように手入れされていない。

「あなたたちは？」

「俺は、リョウだ。こっちはイナーシアだ」

「……リョウとイナーシア……私はヴィリアスだけど……何か用？」

　そうヴィリアスが問いかけてきたときだった。

　扉の隙間から見える通路には、いくつものゴミが見え、イナーシアが顔を引きつらせながら叫んだ。

「……ちょ、ちょっと！　何よこの汚部屋は！」

「……汚部屋、とは酷(ひど)い……。使いやすいように、整理されている」

「ゴミばっかりじゃない！　あんたこんな中で……ってくっさ!?　あんた風呂入ってないの!?」

「入ってる」

「はぁ!?　ならちゃんと体洗いなさいよ！　臭すぎるわよ！」

「週に一度は……入ってる」

「それは入ってないっていうのよ！　まったく。とりあえず掃除よ掃除！」

「……待って。それよりも、さっきの話」

「何よ!?」

「さっき、ミスリルがどうたらって……聞こえたけど？」

　ノックしたときの声が聞こえていたようだ。

　じろり、とヴィリアスがこちらを見てきた。

……結果的に、彼女と面会することには成功したし、ここからはゲーム本編のようなやり取りをすれば何とかなるかもしれない。

「ああ。つい先日、この街の近くにミスリルゴーレムが出現するダンジョンが出現してな。俺たちもそこの調査を行いたいんだが、あれを倒せる武器を持ってなくてな。ここの鍛冶師なら、あるいはと思ったんだが」

ヴィリアスは少し考えるような素振りを見せた後、扉を大きく開けた。

「……とりあえず、中に入って。詳しい、話をしたい」

イナーシアは眉根を寄せながら、部屋をじっと見ている。

「……中にって、ここに入るの？」

「大丈夫。臭いは、そのうち慣れる」

「あんたも臭いって感じてるんじゃない！　もう掃除するわよ！　いいわよね!?」

「それは、ありがたい」

両手を合わせ、合掌。

イナーシアがひくひくと頬を引きつらせていた。

良かった、イナーシアを連れてきて……。

ツッコミ役がいなければ、俺がすべて捌く必要があった。心の中で、俺も合掌しておいた。

さすが、面倒見がいいだけあって、イナーシアがため息を吐きながらも掃除を開始する。

「あんたもやるのよ！」

「面倒……」

「面倒じゃないわよ！　ほら、リョウも手伝いなさい」

「俺はこの鍛冶師に用事がある……そっちは任せた」

「なんか言った⁉」

ひえっ。

ゲーム本編での主人公のセリフを真似したところ、同じ言葉が返ってきた。

ただ、プレイヤーとして見ていた時と違い、直接怒気をぶつけられるとなると威圧感は凄まじい。

「……掃除、とりあえずやった方がいい」

ヴィリアスが震えながらこちらを見てくる。

「……お前の部屋だからな？」

ひとまず、ヴィリアスには風呂へと行ってもらい、俺とイナーシアで掃除をする。

……生ゴミをそのまま放置するんじゃないっての。

「変な虫湧くわよ……まったく……」

苛立った様子でイナーシアが掃除をし、俺が空間魔法でゴミをまとめてゴミ捨て場へと転移させる。

……世界一無駄な空間魔法の使い方かもしれん。

そんなこんなやっていると、へろへろとヴィリアスが戻ってきた。

まるでマラソンでもしてきた後のように疲れ切っている様子のヴィリアスを見て、イナーシアがため息を吐いた。

「あんた、なんでそんなに疲れた様子なのよ」

「……お風呂、体力使うから嫌い」

「……何を使うのよ、まったく。ほら、とりあえず人が住める場所は作ったわよ。そっちにまとめたゴミは捨てていいか迷ったものだから、後で確認しなさいよ」

「前も人は住めた」

「は？」

　ヴィリアスはイナーシアの威圧感に頬を引きつらせてから、ちらと俺を見てくる。

「……ミスリルの話を聞きたい」

　逃げるようにして話を進めてきたヴィリアスだが、俺としてもこれ以上イナーシアの怒りのボルテージを上げたくはなかったので、その無茶な話の展開にのらせてもらう。

「近くにあるダンジョンに、ミスリルゴーレムという魔物が出るって言っただろ？　そういうわけで、ここにいる鍛冶師にミスリルの武器の製作をお願いしたいんだが……」

「……誰から、ミスリルを加工できる鍛冶師がいるって聞いたの？」

　ゲームと違い、面倒な質問をしてくるな。

「……たまたまな。少し前まで、ここにいた鍛冶師がかなりの能力を持っていたと聞いてな。お前の事じゃないのか？」

「……ううん、私の師匠は、できる……私は、まだできない……」

「ミスリルの加工はできなくても……ミスリルゴーレムを倒せる武器を作ることはできないのか？」

ゲーム本編では、作れていた。だからこその問いかけなのだが、

「それは――」

ヴィリアスは悩むように視線を下げていた。

……ひとまず、ここまではゲーム本編と同じように進行はできているんだよな。

ゲーム本編の主人公がヴィリアスのもとを訪れた理由は、鍛冶師フォーナに武器を作ってもらうためだ。

ただ、フォーナはすでに老衰で亡くなっていて、その弟子であるヴィリアスに白羽の矢が立ったというわけだ。

本来訪れる時期とは違うが、ここまでは無難に進行している。

……ここまで無理してヴィリアスに会っているのは、ゲーム本編で一番優秀な鍛冶師が彼女だからだ。

俺の破滅の未来を回避する可能性を高めるためにも、ヴィリアスの武器を今のうちに入手できるならしておきたかった。

「……それは……できない」

「なぜだ？」

「……私には、才能がないから」

ヴィリアスはそう言って目を伏せた。

……自信が、ないんだよな。

生活態度や、初めに俺たちに見せたような態度とは裏腹に、彼女は鍛冶に対してのみ、あまりにも自信がなかった。

「誰かにそう言われたのか？」

「……そういうわけじゃない。でも、師匠にはいつも怒られていたから……」

「それは師匠だからじゃないか？　なかなか弟子を褒めるものじゃないはずだ」

「……私は、まだ自分の実力に納得していない。だから、誰かの武器は作らない」

ゲーム本編でも同じようなことを言っていた。

……ここで、ゲーム本編の主人公たちは一度引き返し、色々と細かいイベントを進めてから再びヴィリアスへとお願いに来る。

だが、そんなちんたら進めるつもりはない。

「鍛冶師なんてのは、そのスキルで武器を生産していけばスキルが強化されていくんじゃないか？」

ゲームではそうなのだが、ヴィリアスはちょっとむっとした様子で首を横に振る。

「違う。鍛冶は、そう簡単なものじゃない」

「そうなのか？」

「……事実、私は……もうスキルレベルが上がらない」

……そういえば、そうだったな。

彼女のスキルレベルは、確かに制限がかかっている。

ゲーム本編でのイベントを通してその制限が解放され、ヴィリアスは再びレベルアップができるようになる。

……レベルアップが止まってしまった理由は、彼女が自分の才能を疑うようになってしまったからだ。

一応、ゲームの設定として、そういう事がないわけではないんだよな。

ゲームの途中では主人公も魔族に敗北し、似たような挫折を味わうことがあった。

一時的に、勇者の力を使えなくなってしまうイベントもあったし。

「……何も考えずに作っているだけでは、ダメ。鍛冶師の腕を上げるには、それだけじゃない、と思う……」

ゲームのシステム的には、鍛冶師を鍛えるならとにかくなんでもいいから量産しまくるのが手っ取り早いのだが、今のヴィリアスは師匠に褒めてもらうことがなかったために、それが心の枷(かせ)となってしまっている。

……褒める、か。褒めるとしても、ヴィリアスが武器を作ってくれない限りはそれも不可能だ。

「それは、そうかもしれないが……ヴィリアスの武器の性能は実際に使ってみないことには分からないんじゃないか？」

「……嫌。納得するまで、誰かに作りたくはない」

頑固な奴め。

ゲーム本編でも厄介な奴だったが、頑固さに磨きがかかっているな。

ならば、ゲーム本編のようにイベントを起こさないといけないかもしれない。

彼女のサブクエストを攻略していけば、どうにかなるはずだ。

「それじゃあ、どうしたら作ってもらえるんだ？」

「……私が自分の実力に満足したら」

「いつになったら、その日が来るんだ」

……ゲーム本編開始まで、そのイベントを起こさせないつもりか？

彼女以外にも鍛冶師はいることはいるが、せっかく最高の鍛冶師がいるのに、それ以外にお願いするというのはもったいない。

これはもう、ゲーマーとしての意地だ。すでに接触した以上、妥協はしたくない。

俺の言葉にヴィリアスは視線を下げてしまう。

「ちょ、ちょっと……あんまり無理にお願いしても仕方ないんじゃない？」

イナーシアがそう俺に声をかけてくる。普段のリョウならば、どこかで頃合いを見て、引き下がっているだろう。

「……そうかもしれない。だが、俺は彼女の鍛冶の腕前を知っているからこそ、こんな事で悩んでいてほしくはないと思ってな」

「…………ちょっと待って。私の事、知っているの？」

……し、しまった。

ついそう言ってしまったが、ヴィリアスの実力を知っているというのはおかしいだろう。

ヴィリアスがちらとこちらを見てくる。あまり表情の動きがないヴィリアスだが、その両目が探るようにこちらを見てくる。

ゲームのキャラクターとしての知識はもちろん持っているのだが、どう言い訳をしようか。

俺は視線を彷徨わせながら、近くに転がっていた剣を手に持った。

これだ。

ヴィリアスがびくりとしながら、体をもじもじさせる。

「そ、その剣は――」

「これはヴィリアスが作ったものだろう？　【ローリングソード】、だな。いい剣だ。【ローリングソード】の製作難度はかなりのものだし、これだけを見てもお前の実力が相当なのは十分に分かる」

軽く手に持って振ってみる。この剣を手にした瞬間、俺の能力が強化されたのが分かった。

恐らく、何かしらのバフ効果がついた武器なんだろう。

俺がその剣身を眺めていると、ヴィリアスが恥ずかしそうに顔を俯かせていた。

「……どうした？」

「……ぶ、武器は……私が魂を込めて作ったもの。つまりは……私の分身と同義」

「……どういう事だ？」

「……は、裸を見られているような……恥ずかしい感覚……」

「……」

どんな感覚だ。

ヴィリアスもゲーム本編とは少し違う様子で、頭のネジが外れてしまっているのかもしれない。

少なくとも、ゲーム本編ではこんな発言は――いや、していたか。

『自分の分身のようなもので、誰かに見られるのは恥ずかしい。でも、ちょっとは慣れた』みたいな事を話していたかもしれない。

……もしかしたら、訪れる時期が早くて、ヴィリアスが慣れる時間がなかったのかもしれない。

「お兄ちゃん、裸を見るなんて……良くないわよ」

「裸じゃない。というか、人前でその呼び方をするなと言っているだろう」

完全に周りが誤解するから。

そこで、ヴィリアスが不思議そうに首を傾げていた。

「お兄ちゃん？　兄妹なの？　全然似てない」

「俺の顔を見ていないのに、分かるのか？」

「服装が」

「そこは違うに決まってんだろう」

ヴィリアスの心底不思議そうな様子に、イナーシアは苦笑した。

「あたしたちは一応兄妹みたいなものよ」

「……一応って、複雑な理由がある？」

「別にそういうわけじゃないわよ。あたしが、お兄ちゃんが欲しくてリョウにお兄ちゃんになるようにお願いしたのよ」

意味分かるかい。

「なるほど」

分かるんかい。

ヴィリアスがこくりと頷き、俺は頭が痛くなってきてしまった。

ひとまず、剣を鞘へと戻してからヴィリアスに再度言う。

「俺は、ヴィリアスの鍛冶師としての能力が十分に高いと思っている。この武器を見ただけだが、それは間違いないと思っている」

「………………それじゃあ、この武器は？」

ヴィリアスが近くにあった剣を持って見せてくる。

……これは確か、ヴィリアスが参考にしている師匠の遺した武器だな。

「それは……確かに立派なものだが、ヴィリアスが作ったものじゃないだろ？　師匠が作ったものだな」

「……分かるの？」

「まあな」

……あくまで、ゲーム本編での知識があったからこそ、見分けがついただけだ。

「師匠のものと比較して、ヴィリアスの武器にはヴィリアスが作った魅力があるんだ。同じ武器でも、スキルが付与されていることが多いとかな」

「……スキルの、付与。リョウも、鑑定のスキルを持っているの？」

ヴィリアスは驚いたようにこちらを見てくる。

……【鑑定】は武器に付与されたスキルなどを確認するためのスキルであり、ヴィリアスが所有しているものだ。

結構珍しいスキルであり、あいにくだが俺は持っていない。

「いや、持っていないが……手に持てば普段と違って少し体が軽くなるからな。なんとなく、分かるんだよ。ただ、師匠さんの武器を持ってみても、そこは何も感じなくてな」

装備品には、有用なバフ効果がつくことがあるのだが、ヴィリアスは『鍛冶（かじ）スキル付与率を上げる』という隠し効果を持っていた。

だから、多くのプレイヤーはよほどの好みがなければ、ヴィリアスを鍛冶師として育成することになる。

見た目も、可愛（かわい）らしいしな。

「……そこまで、私のこと、分かるの？」

「作った装備を見れば、ある程度はな。これだけ立派な武器を作っているんだ。もっと誇りに思ってもいいんじゃないか？」

「……」

俺の言葉に、ヴィリアスは少しだけ顔を俯かせた後、決意した様子で俺に一歩距離を詰めてきた。

鬼気迫る表情とともに、ヴィリアスはぽつりと言葉を口にした。

「……も、もう少し、褒めて」

「……ん？　いや、もう十分褒めたと思うが」

「……まだ足りない。私、あんまり自分の鍛冶に自信がないから。とにかく、褒めまくってもらえば、もっといい武器が……作れるかもしれない」

……どんな解決法だ。

ゲーム本編とは少し違うのだが、ただ確かにヴィリアスの問題はその自信のなさが関係している。

そんな時、脇にいたイナーシアが手を挙げてきた。

「あっ、ずるいわよヴィリアス。あたしも甘えたいわよ！」

お前、話ややこしくなるから静かにしてろ！

俺が口を開こうとすると、ヴィリアスがじろりとイナーシアを見る。

「甘えるのと褒めてもらうのは違うと思う」

そうだそうだ！　言ってやれ！

「違うけど、自分の欲望をぶつけることに関しては同じでしょ？　あたしは今、甘えたくなったのよ、お兄ちゃん！」

「それは、そうかも」

ヴィリアス!?

「というわけで、私は褒めまくって」

「あたしは頭を撫でるように……！」

はぁはぁ、とイナーシアが鼻息荒く興奮し始めてしまう。……アドレナリンブーストを発動しそうな勢いである。

イナーシアは……ひとまず頭を撫でてやれば満足そうにしているので、左手でイナーシアを処理する。

それから、ヴィリアスへと視線を向ける。

「……ヴィリアス。褒めるのはいいが、実際に鍛冶をしているところなどを見せてもらってもいいか？」

「……分かった。滅茶苦茶に褒めるように」

「……了解」

ていうか、褒めるの前提での話でいいのか？

まあ、ヴィリアスが少し前向きになってくれたことは確かなわけだ。

それから俺たちは椅子に座る。イナーシアは俺の膝に乗り、もうすっかり猫のように甘えてきている。

ああ、俺の知っているゲーム本編での頼れるイナーシアお姉ちゃんはもういない……。

これはこれで、ゲーム好きな人たちには羨ましがられるのかもしれないが、俺としてはイナーシアお姉ちゃんの方が好きだったので複雑な気分ではある。

さて、向かいに座っていたヴィリアスへと視線を向ける。彼女は片手を胸に当て、それから緊張した様子で鍛冶を始める。

……実際に、鎚(つち)などを使って鉄などを鍛(きた)えるような鍛冶ではなく、スキルを発動すればすぐに出来上がるようなものだ。

だが、ヴィリアスの表情は険しい。

どうやら、思っていたよりもスキルを使うまでが大変なようだ。胸の痛みを抑えるかのように片手に力がこもっている。

「……ほ、褒めて」

「……どういう事だ？」

「最近、スキルを使おうとすると……心が、苦しくなる……さっき、褒められた時は……なんだか心が軽くなったから……とにかく、褒めたたえて……！」

……まさか、そんなのにスキルが関係しているのか？　少なくとも、ゲーム本編ではそんな事はなかったぞ？　俺は少し迷ったが、ヴィリアスを褒めるために口を開く。

「ヴィリアスは……えーと素晴らしい鍛冶師、だと思う」

「ほんと？」

「ああ、そうだ。……ヴィリアスが作った武器はここに見える範囲のものだけでも、かなりのものだ。もっと、自信をもっていい」

「……うん、私もそう思う」

自信あるのかないのか、どっちかにしてくれるか？

……というか、ヴィリアスは基本自分に対しての自信はかなりある。

ゲーム本編でも、自身の容姿などは優れているものだと理解していたし、貧乳というのも弱点ではなく武器になる、とまで語っているほどだった。

しかし、鍛冶に関してだけはこれまで褒めてくれる人がいなかったからか、自信をそこまでもっていなかった。

「だから、とにかく、一度落ち着いて作ってみてほしい。お前が集中して作った武器なら、かなりのものになるはずだ」

「……分かってる」

ヴィリアスの表情が少しずつ明るくなっていくのが見えた。彼女の呼吸が整っていく。

もういいか？　あっ、まだですか。ヴィリアスがじとりと次の言葉を期待するように待っている。

……俺はなぜ、膝の上にあるイナーシアの頭を撫でながら、ヴィリアスのメンタルケアをしなければならないんだ。

「そんなヴィリアスの凄い武器を……俺は求めている。……えーと、とにかくヴィリアスは凄いわけで、俺に短剣を作ってくれたらそれはもう凄い嬉しいんだ」

「短剣を使うの？」

「ああ、そうだ。ヴィリアスが作った短剣を見てみたいな」

……だんだん、どこをどう褒めればいいか分からなくなってきた。

しかし、ヴィリアスはどこか満足そうに、何か考えるようにしている。

ヴィリアスは目を閉じ、深く息を吸い込んだ。彼女が少しずつリラックスしているのが見て取れる。

「……ヴィリアス、お前の努力はちゃんと力になってる。お前が作り出す武器は、ただの道具じゃないんだろ？　芸術品とも呼べる、力強さがある。……お前の技術はこの世界で唯一無二のものだ。だから、そう自分を卑下するな。……お前の力を認める人たちに対しても、失礼になるぞ」

「そんなに、私の力を信じてくれている、と？」

「ああ、そうだ。俺は……お前の鍛冶能力を高く評価している」

ヴィリアスはこくりと頷いた。

「ありがとう、リョウ。次は？」

「……」

次って……もうすでにかなり必死にひねり出して褒めたというのに、まだ求めると？

「もっと」と、ねだるように視線を向けてきたヴィリアスに言葉を詰まらせる。

鍛冶のことはもうそれ以上浮かばない。どうしようかと迷った末に、ふと思いついたのは彼女の容姿だった。

「えっと、それと……ヴィリアスは可愛いと思うぞ？」

「……い、いきなり何？」

ヴィリアスは目を見開き、驚きの表情を浮かべた。そしてその驚きは、やがて恥ずかしそうな表情になった。

彼女の頰(ほお)がほんのりと赤く染まり、突然こちらを見てくる。

膝の上で目を閉じ気持ちよさそうにしていたイナーシアも、かっと目を見開いていた。

「ちょっとお兄ちゃん？　いきなり何言ってんのよ？　鍛冶と関係ないでしょ？」

なぜか、イナーシアは怒った様子だ。

「いや、他に何を褒めればいいかと思ってな……鍛冶はもう褒め切ったし……」

「だからって……」

「ちょっと静かに」

「あう……っ、あ、頭を乱暴に撫でられると……それはそれで……いいかも……」

レイスがイナーシアの頭を無理やりに撫でると、イナーシアは静かに目を閉じ心地よさそうにしていた。

「可愛い？」

「あ、ああ……可愛いが……」

「しゅき？」

「いや、別にそこまでは」

キャラクターとしては好きだったが、別に目の前にしたらそうでもない。

汚部屋と最初に会ったときの臭いが印象に残っているのもあるかもしれない。

「…………やっぱり、魅力ない……」

「い、いや、魅力あるから！　滅茶苦茶あるから！　お前は滅茶苦茶可愛いぞ！　だからほら、鍛冶に集中してみろ！」

「……うん、やってみる」

ヴィリアスはこくりと頷いてから、集中する。それから、少し緊張した様子で鍛冶を行っていく。彼女の眼前に魔力が集まっていき、その光が次第に形を成していくのが見えた。

まるで空気中のエネルギーが引き寄せられて、彼女の手元に集まっているようだった。

ヴィリアスの瞳はまっすぐにその魔力を見ていた。

その集中力には圧倒されるものがあり、彼女の周りの空気が張り詰めるように感じられた。

魔力の光がさらに強く輝き始め、その中に武器の輪郭が浮かび上がる。

緩やかに、そして確実に武器が形作られていく。

……短剣、だろうか。

その過程はまさに芸術だ。

光が凝縮し、金属の輝きが現れ始めた。

鋭い刃が姿を現し、柄の部分が細かく装飾されていく。

……ゲームでは、製作ボタン一つで作られた鍛冶だったが、まさかここまで細かいとは。

いや、それはこれまでもそうか。基礎訓練などだって、ボタン一つで片付いていたものをすべて自分の体でこなしているんだから。

ゲームのような世界だが、ゲームとは違う。……あくまで、ここには一つの世界が広がっているんだ。

ヴィリアスの額には汗が浮かび、顔には緊張と集中の色が見て取れた。

そして、一際強い光が放たれると短剣が完成した。

ヴィリアスが鞘に収まった短剣を手に取り、こちらを見てきた。

「……久しぶりに、できた」

「……そうか」

ヴィリアスがどこかほっとした様子で息を吐いていた。

それから、こちらへ短剣を見せてくる。

「ちょっと、握ってみて」

「了解だ」

ヴィリアスが作った短剣を、確認してみる。

……これはたぶん、【グラディウス】か。

短剣としてのランクはゲーム中盤くらいに出てくるものだ。……それをこの段階で手に入れられるんだから、やはりヴィリアスの能力は高い。

握った瞬間、体が軽くなる感覚も味わった。

「……これ、もしかしてスキルもついているか？」

「分かるの？」

「ああ。握ったときの感覚がまるで違うな」

その場で軽く振ってみると、ヴィリアスがじっと短剣を見てきた。それからゆっくりと口を開いた。

「敏捷（びんしょう）強化がついているみたい」

「……なるほどな」

武器には様々なスキルがついていることがあるが、基本ステータスを強化するものは無難に強い。

ゲーム本編では、やりこみ要素の一つだ。さすがに、セーブ&ロードによる厳選はできないため、この現実世界でそこまで必死に厳選するのはやめたほうがいいだろう。

「どう？」

「……いや、本当に凄いな。かなりのものだ」

「それなら、良かった」

ヴィリアスは、心の底から安堵したかのようにほっと息を吐いていた。

鍛冶をしているときも手などは震えていた。

先ほどは少しふざけているようにも感じたが、ヴィリアスが鍛冶に対して悩みを抱えていたのは本当なんだろう。

「……鍛冶は、今後も続けられそうなのか？」

「……分からない……正直言って、今回だってできるとは思っていなかった。たぶんまた、無理になると思う」

そう自嘲気味に笑ったヴィリアスの手を俺は摑んだ。

イナーシアを撫でていた手を離したため、彼女が不服そうに眼を見開いているが、今は無視。

「……!?」

困惑した様子のヴィリアスの目を覗き込む。

仮面越しではあるが、俺とヴィリアスの瞳がぶつかりあう。

「続けてくれ」

「……どういう、こと？」

「……これだけの腕を持ったお前が、鍛冶をしないのは……もったいない。それに……お前は鍛冶が好きなんだろう？」

「……鍛冶が……好き……？」

「ああ。初めて鍛冶をしたときは、どうだった？　ここまでのものを作れるようになるまで、かなりの努力をしたんだろ？」

「……それは……うん」

ヴィリアスがゲーム本編で一人で回想していたシーンがあったのだが、そこには彼女が一生懸命に鍛冶をして、それを楽しんでいる姿があった。

ヴィリアスは、それを思い出し……師匠の幻影に惑わされず、再び鍛冶に前向きに取り組めるようになっていく。

そのきっかけを、俺が与えることができれば……これからも鍛冶をお願いできるかもしれない。

「でも……私の武器は……そこまでのものじゃない……し」

「いや、そんなことはない。……これから、試し斬りに行くぞ」

「え？」

「ミスリルゴーレムのところにだ。元々は、ミスリルゴーレムを倒すために必要な武器を探しに来たって話だっただろ？　これから、すぐに向かうつもりだ」

……彼女の武器が優れているかどうかは実際の戦闘で試したほうが早いだろう。

ゲーム本編でも、ミスリルゴーレムを相手にして彼女の武器の性能を確かめていたわけだしな。

……途中、色々とイベントを省略したが、終わり良ければすべて良しとなるはずだ。

「……撫で撫で、まだなの？　お兄ちゃん」

「もう終わりだ。次はミスリルゴーレムと戦った後だ」

「……ええ、まあ、仕方ないわね。やってやりましょうか」

イナーシアが残念そうに体を起こしたが、ヴィリアスはどこか不安そうだ。

「ほ、本気？　私の武器で……戦うの？」

「ああ、戦う。……まだ作れるなら、イナーシアの槍と……あと俺の短剣をもう一本、作ってみてくれないか？」

「で、でも……」

「また、褒めるから、作ってくれないか？」

「分かった、やってみる」

即答かい。

俺はもう一度ヴィリアスを褒めたたえる準備を始めた。


二人分の武器を用意してもらってから……俺たちはダンジョンへと移動した。

「……リョウの移動魔法、凄い便利」

「空間魔法っていうらしいわよ。さっきのゴミ掃除だってこれで手伝ってもらったのよ」

「……便利。一家に一人欲しい」

俺の空間魔法を雑用で使おうとしないでほしいものだ。

俺、イナーシア、ヴィリアスの三人でミスリルゴーレムのダンジョンを歩き始めたところで、イナーシアが問いかける。

「ヴィリアスは戦えるの？」

「多少は。師匠は言っていた、優秀な鍛冶師は、素材も自分で集める、って」

ヴィリアスは腰に下げていた小鎚を見せてから、軽く振るう。

「へぇ……そうなのね。武器は……そのハンマー？」

「そう…………ふう」

何度か素振りをしたところで、ヴィリアスは疲れたように腕をだらりと下げる。

イナーシアが不安そうな視線を向ける。

「いや、あんた、ちょっと疲れてない？」

「……疲れてない。……おんぶしてほしい」

「やっぱ疲れてるじゃない。ちょっと、リョウ！　ヴィリアスまったくスタミナなさそうよ！」

「冗談。……近接戦闘はあまり得意じゃない。武器を作って放り投げて戦うつもり」

「でも、作れるの？」

「皆に褒められたときのことを脳内で再生させれば……何とか。最高のものは作れないかも、だけど」

……まあ、ヴィリアスもちゃんと鍛えれば能力は高い。

戦闘中に様々な武器を作っては、それを放り投げるという感じで遠距離攻撃に適したキヤラクターだ。

そんなことを話して進んでいくと、ミスリルゴーレムが現れた。びくり、とヴィリアスが肩をあげ、俺は視線を向ける。

「さて……始めるか。念のため、イナーシアはヴィリアスの護衛と周囲の警戒にあたってくれ」

「……分かったわ」

ミスリルゴーレム相手なら、俺一人で戦った方がいいだろう。

こちらに気づいたミスリルゴーレムがじっと赤い瞳を向けてくる。

「……ゴガガガ」

鳴き声のようなものをあげると、威嚇するように大きく腕を広げてくる。

俺が地面を蹴って一気に迫ると、ミスリルゴーレムが拳を地面に叩(たた)きつける。

その衝撃波をかわしながら、グラディウス二本で斬りつける。

思い切り力を込めた一撃。

それは、あっさりとミスリルゴーレムの体を切り裂いた。

「ご……ガガガ……」

……ミスリルゴーレムの体が崩れ落ち、後には魔石とミスリルがドロップしていた。

「……ふう、こんなところだな」

「凄(すご)いわね……ヴィリアスの武器になった途端、こんな簡単に倒せるなんて……思わなかったわね」

「だから言っているんだ。ヴィリアスは優秀な鍛冶師なんだよ」

そうヴィリアスを褒めると、彼女は恥ずかしそうにしていた。

「……何恥ずかしがっているんだ」

「……そ、その、待ち構えていないときに褒められるのは照れる」

どんな習性だ。

「そうか。お前の鍛冶は十分凄いんだ。あとはこのミスリルの素材で何かを作れれば、ミスリルゴーレムももっとあっさり倒せるかもな」

俺は回収していたミスリルの素材をヴィリアスへと渡す。受け取った彼女はしばらく悩むように視線を向けていた。

「……ちょっと、待ってて。もう少しで、形になりそうだから」

「そうか。一応、俺たちはこのダンジョンの調査も行う予定になっている。歩きながらでいいか？」

「うん、大丈夫」

……しばらくヴィリアスはミスリルを睨んでいたので、俺たちはダンジョンの奥へと進んでいった。

俺たちはダンジョンの最奥まで来ていた。

ヴィリアスは完全に一人の世界に入ってしまい、俺たちに同行こそしているがずっとミスリルと向き合っている状況だ。

まあ、それで何か新しい武器でも作れるようになってくれればそれでいい。

ダンジョンの最奥に到達した俺は、そこで姿を見せたキングミスリルゴーレムと対峙していた。

ミスリルゴーレムを一回り大きくして、頭の部分に王冠をのせたような見た目をしている。

「……うわ、このミスリル持ち帰れたら凄いことになりそうね」

「……だな。ひとまず、途中までは俺一人で戦闘する。イナーシアはヴィリアスの護衛にあたってくれ」

「分かったわ」

こくりと頷いたイナーシアにヴィリアスを任せ、俺はキングミスリルゴーレムと向かい合う。

……このダンジョンに入ってから、だいぶレベルも上がったみたいだからな。

キングミスリルゴーレムと今の俺がどこまで戦えるか。楽しみだ。

まずは通常通り、グラディウスでの戦闘を開始する。

ダメージ自体は通っているようだが、恐らく微々たるものだろう。

「ガアアア！」

苛立った様子で腕を振り抜いてきたキングミスリルゴーレムの攻撃をかわしつつ、俺は冷静にグラディウスを振り抜いていく。

……ダメージは通る、が時間はかかる。

空間魔法で攻撃してもいいのだが……これは一応、ヴィリアスの悩みを解決するためのストーリーイベントでもある。

俺の空間魔法をぶち当てて仕留めました、ではヴィリアスの成長には繋がらないだろう。

なので、俺はグラディウスでちくちくと削っていく。

地味な戦いにはなるかもしれないが、こちとら色々なゲームをプレイしてきた身。

この程度の作業、別に苦でもなんでもない。

とはいえ、後方にいる二人には違うように見えているようだ。攻撃を回避した時にちらと視線を向けると、どこか不安そうな様子だった。

……特に、ヴィリアスだ。今俺が使っている武器は彼女が作ったものだ。

それが、あまり通用していないのを見ると、不安に感じる部分もあるのかもしれない。

……いい、傾向だ。

このキングミスリルゴーレムとの戦いは、イベントバトルでもある。一定の体力まで削ると、ヴィリアスが持っていたミスリルを使って新しい武器を作ってくれる。

戦闘の後半は、そのミスリル製のもので行っていく事になる。

……ひとまずは、このまま戦闘を続けていくとしよう。

そんな事を考えていた時だった。

キングミスリルゴーレムの動きが加速する。……おっ？　これはもしかして、イベントバトルにあった奴だろうか？

周囲に激しい攻撃を行い、大ダメージを与える攻撃だ。

「ガアア！」

キングミスリルゴーレムが地面に両拳を叩きつけると、激しい地響きで足元が揺れる。

同時に周囲に魔力による衝撃波のようなものが生まれ、俺はそれを跳んでかわす。


……あっ、かわしちゃった。


ゲーム本編では主人公たちは見事に喰らって、パーティーが危機的状況に陥っていた。

やばい。フラグ一つ外したかもしれない。

着地しながら、俺は慌ててヴィリアスの方を見たが、彼女はぎゅっと唇を噛んでいた。

そんな彼女は何かを決意したように、持っていたミスリルの一つを握りしめた。

……彼女の手元に光が集まる。あれは、鍛冶のときに見たものだな。

「ガアアア！」

そちらに気づいたキングミスリルゴーレムが、ヴィリアスを狙うように走り出したので、俺はその足元に空間魔法を放ち、その体を埋めるようにして転ばせる。

「今、天才鍛冶師が鍛冶を行っているんだ。邪魔するんじゃない」

「アガ⁉」

俺がキングミスリルゴーレムを睨みつけた次の瞬間だった。

ヴィリアスの方から一際強い光が溢(あふ)れた。

だが、そこで、ヴィリアスの表情が険しくなっていく。

「ヴィリアス、大丈夫か？」

「……ミスリルの武器を作ろうと思ったけど、でも……師匠がやっていたように、うまくいかなくて、能力が、足りないの、かも……」

ヴィリアスの顔がどんどん険しくなっていく。

……ヴィリアスの苦しそうな表情はなんだ？

ゲーム本編ではすんなり製作していたヴィリアスだが、今の彼女はまだゲーム本編開始前ということもあり、そもそものレベルなどが低いのかもしれない。

……ならば、アレを使うしかない。

「ヴィリアス。落ち着いて……これを飲んでくれ」

「……これは、ステータスを強化するためのポーション？」

「ああ、そうだ」

……ゲーム本編での鍛冶の成功率や、大成功確率を上げるには、ステータスが関係していた。

それらが足りない場合は、装備品やアイテムによるドーピングを行い、無理やりに成功率を上げるのが裏技的な攻略方法だった。

ヴィリアスは不思議そうにこちらを見ていたので、このやり方は一般的なものではないようだ。

「……これで、どうにかなるとは――」

「大丈夫だ。お前なら、できる」

……特に、根拠のある言葉は必要ないだろう。

今、大事なのは……勢いだ。ヴィリアスの目をまっすぐに見ながら、俺は彼女にポーションを握らせる。

背後にいたキングミスリルゴーレムが暴れ出しそうになる中で、ヴィリアスは俺の目をまっすぐに見つめ返し……そして、ポーションを呷(あお)るように飲んだ。

「……やって、みる」

そうして、彼女の両目に力強さが戻ったところで魔力が溢れ出す。

……溢れ出した魔力が、ヴィリアスの手元に集まる。彼女が持っていたミスリルへと魔力の渦が巻き付いていく。

「グオオ！」

背後にいたキングミスリルゴーレムが声を上げる。

その、瞬間だった。集まっていた魔力がミスリルへと吸い込まれると、ミスリルが一際強く光を放ち、姿を変えた。

「でき、た……っ」

彼女の手元には一つの短剣が生まれていた。

青く美しいその短剣は、彼女が生み出した物の中でも間違いなく最高の一品だ。

「……リョウ。これ使って」

彼女に渡されたその短剣を摑み、じっと見る。

どこからどう見ても、一級品のミスリルナイフ、だな。

短剣を鞘から抜いた俺は、その刃の輝きに戦闘中だというのに一瞬目を奪われる。

美しい青白い光を放つミスリルナイフは、ただの武器ではない。手に持つだけで感じる、圧倒的な力と精緻な鍛冶技術の結晶だ。

体を起こしたキングミスリルゴーレムが目の前に迫る。その巨体から放たれる威圧感に真っ向から向かい合い、俺は手に持ったミスリルナイフを握りしめる。

ミスリルナイフが空を切り裂く。軽やかな音を立て、まるで空気の抵抗さえも無視するかのように刃がキングミスリルゴーレムの首元へと迫る。

刃が触れた瞬間、その硬質な表面が砕け散った。

「ガアアア⁉」

ひときわ大きな悲鳴を上げると、キングミスリルゴーレムの赤い瞳から光が抜け、その体が崩れ落ちると……消えていった。

俺の手に残ったのは、静かに光を放つミスリルナイフ。その美しさと力に、俺は初めてこの武器がどれほどのものかを実感した。

戦闘が終わったところで、ヴィリアスがこちらへと駆け寄ってきた。

「……大丈夫、だった？」

「こっちはな。それよりも、一撃か」

俺はミスリルナイフを見て、ぼんやりと呟く。

「……凄い、私……」

「自分で言うんじゃない。……いやまあ……本当に凄いんだけどな」

「もっと褒めたたえて」

「ああ、凄い凄い。……このミスリルナイフは、どうするんだ？」

俺がヴィリアスの方に差し出すと、彼女は首を横に振った。

「それは、あなたにあげる。使っていい」

「いいのか？」

「うん」

よっしゃ。もちろん、これをもらうためにここまで頑張ってきたわけなんだけどな。

計画通りに武器を新調できたので、俺は内心で小躍りしていた。

「それじゃあ、もうここでやることも終わったし、一度家に戻るか」

「……うん……お願い」

ヴィリアスは連続で鍛冶を行ったからか、なんだか疲れた様子だ。

……とりあえず、ここまで無理に付き合ってもらったわけだし、家に送り返さないとな。

俺はすぐに空間魔法を展開し、ヴィリアスの家へと移動する。

ダンジョンの独特の空気から解放されると、体がなんだか軽くなる気がする。それはヴィリアスとイナーシアも同じだったようで、あくびまじりに体を伸ばしていた。

それが終わったところで、ヴィリアスがぽつりと呟いた。

「……私、また武器を作れるみたい」

「みたいだな。これから店でも開くのか？」

ヴィリアスの鍛冶師としての腕を活かすなら、それが一番だろう。

しかし、ヴィリアスは迷った様子で視線を下げる。

「……でも、いきなり店を持っても……売れるかどうか分からない」

「ヴィリアスの腕なら大丈夫だとは思うが。ミスリルの加工もできるんだしな」

……そもそも、ゲーム本編ではミスリルの加工ができる鍛冶師自体が極端に少なかった。

この大陸にはヴィリアスと後数名程度しかいないわけなので、ミスリルの加工ができるだけでも需要はあるだろう。

特に、ヴァリドール近くにちょうど鉱山として使えるダンジョンもあるんだからな。

「そもそも……私は接客は苦手」

「……なるほど」

「……それにここは……ヴァリドー家の領内。どうせ店を持つなら、別の場所がいい」

……あー、ね。

ヴィリアスの言葉に、イナーシアも頷いた。

「まあ、ヴァリドールで商売するのは大変よね。ほんと、ヴァリドー家が最悪だし」

……すんません。

「……うん。私の師匠の時代はそこまで影響なかったけど、今は……税が酷いから」

……すんません、ほんとに。

ただ、このままヴィリアスに街を離れられると困ってしまう。

少なくとも、ゲーム本編では復興中のヴァリドールにヴィリアスはいたわけだしな。

第一……俺が気軽に買い物に来るとしても、ヴァリドールにいてくれた方が助かる。

何とかして彼女を繋ぎとめることはできないだろうか……。

しばらく必死に考えた俺は、ある秘策を口にする。

「それなら……レイス・ヴァリドーのもとを訪れてみたらどうだ？」

「……誰？」

「ヴァリドー家の三男だ。俺が個人的に彼に魔法の指導を行っているが、彼は他のヴァリドー家の人間とは少し違う」

じ、自分でこれを言うのは少し恥ずかしい思いがあった。

しかし……兵士たちの武器を一新するためのいい機会でもある。

……後は、ザンゲルたちにうまく話をして、どうにか費用を捻出できれば……それが一番だ。

「……レイス・ヴァリドー」

ヴィリアスがぽつりとその名前を口にすると、イナーシアが不安そうに問いかけてくる。

「そのレイスって奴、大丈夫なの、本当に？」

お前はそのやばそうな相手に甘えてんだぞ？　と言ってやりたいものだ。

「大丈夫だ。表向きは粗暴に振る舞っているが、それはあくまで周りに不審がられないようにするためだそうだ。彼は空間魔法が使えるので、俺が指導しているのだが……少なくとも悪い人間ではないぞ？」

「レイス・ヴァリドーに会ったら……何かある？」

「……今、兵士たちの武器に関して悩みを抱えているそうだからな。店を開くのではないが、直接そこで武器の製作や手入れに関わって、金銭面での交渉ができるはずだ」

「……なるほど」

ヴィリアスは少し考えるように頷いている。

……あんまりお金があるわけではないが、俺が冒険者活動で貯めているお金もあるし、屋敷の中にある不必要なものをこっそりと捌いていけば、多少は工面できるはずだ。

「でも、レイスって三男って言っていたわよね？　そこまでの権限ってあるの？」

「……まあ、そこまではない。ひとまず、俺からレイスに話をして、そこから兵団長のザンゲルに話を通してみよう。一度会って、話を聞いてみるだけでもどうだ？」

「……うん、分かった」

ヴィリアスがこくりと頷いた。そもそも、ヴァリドー家が過剰な税による締め付けを行っているのが原因なのに、こんな話をしているのはな。

……ま、まあでもヴィリアスは接客が苦手だと言っていたし、ヴァリドー家と専属契約のようなものを結べるのなら、その方がきっとヴィリアスにとっては悪くはないはずだ。

そんな事を考えていると、ヴィリアスが小さく微笑んできた。

「……リョウ、ありがと」

「俺も、色々と作ってもらって助かった。また今度、武器を作ってもらってもいいか？」

「その時は、また私の自己肯定感を高めるように褒めたたえてほしい」

「……了解」

まあ、その程度でいいのなら安いものだ。

嬉しそうに笑う彼女に視線を向けてから、俺は彼女の家の外へと向かう。

「またきてね」

「ああ、また」

「イナーシアも、いつでも掃除に来て」

「普段から、ちゃんとしなさいよ、まったく」

じろり、とイナーシアがヴィリアスを睨むが、ヴィリアスはまったく気にした様子はなかった。

……とはいえ、この家を訪れた時よりも彼女の笑顔はどこか輝いていた。

後日。

訓練場でザンゲルに稽古をつけてもらっていると、

「あの、レイス様。聞いていたヴィリアスという方が来られたのですが、こちらにご案内でよろしいですか？」

「ああ、大丈夫だ」

兵士が声をかけてきて、俺とザンゲルは視線を向けた。

しばらくして、兵士に連れられるようにして、ヴィリアスがこちらへと向かってきた。

「ザンゲル、それじゃあヴィリアスとの交渉は任せていいか？」

「はい、お任せください」

こくり、と頷いたザンゲルがヴィリアスと軽く話をしてから宿舎の方へと向かった。

……ザンゲルとは事前に話をし、専属契約をしたい鍛冶師がいるということは伝えておいた。

なんか、滅茶苦茶驚かれたんだけどな。今のヴァリドー家と専属契約してくれる鍛冶師はいないそうだ。一体何をしたんだか、俺の家族たちは。

なるべく条件を整え、さらに家族たちにバレないよう使用人としての契約にするなどしてうまく誤魔化す方法を皆で話し合ったので、後はその金銭的な報酬面さえクリアすれば問題はないだろう。

事前にヴィリアスの求める条件をリョウの時に聞きだしてもいたので……まあ彼女が嘘

を言っていなければ無事契約はできるはずだが。

そんな事を考えていると、訓練のキリがついたリームがこちらへとやってきた。

ひくひく、と鼻を動かした彼女はじっとこちらを見てきた。

「以前、外套についていた女の臭いがしたわ」

犬か、お前は。

というか、犬でもここまで判別はつかないのではないだろうか？

本当に恐ろしい奴だ。

「……さっき、ヴィリアスが来たんだ。俺がリョウとして活動している時に会った鍛冶師だな」

「ああ、例のね。なんだか可愛い子だったわね。胸はないけれど」

「まあ、そうだな」

「質問よ。……あなたは胸の大きい人と小さい人、どちらが好きなのかしら？」

そんなアピールするように胸を見せつけてこないでほしい。目のやり場に困るから。

「別に胸のサイズで決めはしないぞ。その人の性格次第じゃないか？」

「……むっ。じゃあ、私とヴィリアス、どちらの方がいいのかしら？」

「別に、比較するものじゃない。お前とは婚約者の関係があって、ヴィリアスは契約する予定の鍛冶師というだけだ」

「……むぅ。私は、『お前の香りの方がいい』と嘘でもいいから言ってほしいのよ」

「ちょい待て、香りは余計だろ？」

「そこが一番大事でしょうが」

リームがぷんすか頬を膨らませてこちらを見てくる。

……一体どこでリームはおかしくなってしまったのだろうか。

それは、イナーシアも、ヴィリアスもそうだ。

ゲーム本編よりも素直というか、欲に忠実というか……とにかく、ゲーム本編から大きく物語を変えられる可能性があるということは分かった。

ヴィリアスとの契約が無事に終われば――後は、スタンピードを迎え撃つだけ。

俺の、破滅の未来を回避するだけだ。

第八章　来訪

「ザンゲルさん……いよいよですね」

「そうだな」

ゲーリングに返事をしながら、私は王城へ向かう準備を整えていた。

何度か手紙でのやり取りはしていたが、こうして騎士団長と会うのはいつ以来だろうか。

今回の目的は、簡単だ。表向きは、旧友である騎士団長との面会が理由だったが、実際は違う。

──ヴァリドー家の現状を伝え、何かしらの対策をして頂くこと。

それが、訪問の理由だ。

とはいえ、果たしてヴァリドー家の事で、上がどこまで動いてくれるか……。

貴族たちは腐敗しきっていて、ヴァリドー家を告発したところでそれがうまく通るかどうかは分からない。

結局のところ、他の貴族たちがヴァリドー家の弱みを利用しようとする程度で終わってしまう可能性もあった。

騎士団長に相談し、一体どうすれば現状を変えられるか……。

あまり人に物を説明するのが得意ではない私が、一体どこまでヴァリドー家の現状の問題について、相手に伝えられるかという不安は大きかった。

「ザンゲルさん……それじゃあ今日はお願いしますね」

部屋に来ていたゲーリングがずっと頭を下げてきた。

「……ああ、分かっている。ヴァリドー家の……そして、レイス様の未来のためにも、な」

「……はい」

私もゲーリングも……そして、この屋敷の兵や使用人たちも、一つの共通した目標のために動いていた。

それは……レイス様の立場の向上だ。

約十か月ほど前。

レイス様が突如として……穏やかになった。そう表現するのが、一番しっくりとくる。

それ以前に起こしていた癇癪(かんしゃく)などがなくなり、誰に対しても平等に、丁寧に接していた。

初めはたまたま、あるいは気まぐれのようなものだと思っていたが、今では違うと確信を持って言える。

だからこそ——私やゲーリングは、レイス様のために何とかしてあげたいと思った。

あまり貴族というものが好きではなかった私が、再び王城へと出向くのだって、全てはレイス様のためだ。

私の知り合いでもっとも権力を持っている騎士団長に話をして、どこまでこの話が伝わるのか。

……下手をすれば、私の立場だって危うくなるかもしれない。

「それじゃあ、行ってくる」

「……はい、お願いします」

ゲーリングがすっと頭を下げ、私はヴァリドー家の屋敷を出て、転移石へと向かった。


王都への転移石まで移動し、それから城下町を過ぎて、王城へと向かう。

王城の門には騎士団の警備が立っている。

二人で見張りを行っていたが、一人は顔を知らない若い男性だ。レイス様より一つ二つ程度は上だろうか？

彼の初々しさに苦笑していると、こちらに気づいた男性が背筋を伸ばした。

彼の隣の新人は、私を見て小首を傾げながらどこか警戒した様子の目を向けてきた。

「……もう騎士団に所属はしていないのだから、そうかしこまらなくてもいい」

「し、しかし……ザンゲルさんには色々とお世話になりましたから」

私は事前に受け取っていた通行証を渡しつつ、顔見知りの騎士と一言二言話をし、騎士団宿舎へと向かった。

巨大な宿舎は王城に隣接したものであり、ここで騎士団員の多くが過ごしている。少なくとも、各分隊の隊長や騎士団長たちには個別の部屋が用意されており、いつでも出動できる体制が整えられていた。

宿舎の中へと入ると、時々すれ違う騎士に声をかけられる。ありがたいことに、「戻ってきてほしい」とどこまで本音なのか分からない言葉を言ってもらえていた。

そんな挨拶をしながら進んでいたからか、騎士団長の部屋に到着するまでにはかなりの時間がかかっていた。

ようやく到着した私が扉をノックすると、

「ザンゲルか、入ってくれ」

「失礼します」

中に入ると、騎士団長が席に座りこちらをじっと見ていた。

……私と同い年くらいの彼女は、久しぶりに会うのだがやはり年齢以上に若く見える。

騎士団長アエル・リーニング。

アエルはすっと背筋を伸ばし、生まれつきだという鋭い目をこちらに向けつつも、どこか穏やかに口元を緩めた。

「ザンゲル、待っていたぞ。……久しぶりだな、本当に」

「そうですね。私からはあまり王城には来ませんから」

「本当にそうだ。別に、特別講師としての仕事なら山ほどあるのだから、いつでも来ていいのだぞ？　そもそも、元副団長なのだから……それこそ、もっと自由に来てもいいんだぞ？」

「そうはおっしゃいますが……私は、あまり人に教えるのは得意ではありませんので」

「そのわりに……ヴァリドール兵団の訓練は随分と順調だそうじゃないか。お前の手紙にあった訓練方法、騎士団でも採用しているが褒める声が多いぞ？」

私の手紙にあった訓練方法……それは、レイス様から教えてもらったものだ。

個人指導と「訓練を開始する前に『指導者○○が基礎訓練を行う』」と口にするようにするというもの。

これらを行うようになってから、兵団の成長が著しいため、騎士団でも採用してはどうかと伝えたところ、そちらでも好調のようだ。

「私、ではなくあくまでレイス様からの意見ですから」

「……そうだったな。ヴァリドー家の人たちはあまりいい噂を聞いてはいなかったが、ヴァリドー家の三男はどうやら少し違うようだな」

「はい。レイス様は、違います」

私がまっすぐに騎士団長を見て言うと、アエルは苦笑する。

「……お前が貴族の子どものためにそこまで言うなんて、珍しいな」

「そうかもしれませんね。もちろん、昔のレイス様は周りの貴族たちと同じでした。ですが、今は違います。変わろうとしている者を評価しないのも、また違う話かと思いますので」

「そうか」

「レイス様は、兵団で抱えていた問題にも、彼の立場にしてはできすぎなくらいの対応をしてくれましたしね」

「……なるほどな」

　私が少し過剰なくらいに褒めたからか、アエルは苦笑を浮かべていた。

　それから、彼女はじっとこちらを見てきた。

「……そう距離をとって話をされると寂しいからやめろと言っているだろう。敬語は必要ないのだぞ？」

「今の私は副団長ではありませんので。とてもではありませんが、騎士団長様と対等に話したりできませんよ」

「……」

　むぅ、とアエルは頬を膨らませるようにこちらをじっと睨んでくる。……相変わらず、どこか子どもっぽい性格は直っていないようだ。

　彼女の悪戯にはいつも困らせられたものだ、とかそんな事を思い出しつつも、私は本題へと入る。

「それで……手紙でもお伝えした件についてですが――」

「ヴァリドー家の、ことだったな」

「ええ。……ヴァリドー家は、あまりにも腐敗してしまっています。正直言って、現状では『悪逆の森』でスタンピードが発生しても……それを押さえ込むことは難しいかと思います」

「貴族が腐敗しているのはいつも通りの事だろう」

「ええ、ですが……ヴァリドールがこの国の第一の防衛ラインであるのに、現状では守り切ることは難しいでしょう」

……レイス様の指摘を受けてから、ヴァリドール兵団の戦力は大きく向上している。全ての兵たちの底上げにはつながっているが、装備品などお金のかかる部分に関しては新調できていない。

「なるほどな」

「部下にデータとしてまとめてもらいましたが、ここ最近、明らかに『悪逆の森』の外に魔物が出てくることが多くなっています。賢者様の作った結界が弱まっているのも明らかです。……正直な話、いつどんな問題に襲われるか分かりません」

ゲーリングたちに作ってもらった、ここ最近の魔物との交戦の状況などが書かれた書類を手渡す。

ここ数か月での戦闘回数を比較したグラフがあるため、誰もが一目で異常事態だと理解できる。

アエルはしばらく書類を見ていたのだが、ふと口元を緩めた。

「珍しいな、ザンゲル」

「何がですか？」

「ここまで熱心なお前を見るのは……初めてだ」

「……」

アエルはぷくーっと再び子どもっぽく頬を膨らませる。

……珍しい、か。

元々私は事なかれ主義だ。何か気になることがあっても、そこまで大きな問題にならないのなら放置することが多かった。

だからこそ、アエルは先ほどのような問いを投げてきたのだろう。

素直に答えてもよかったのだが、旧友に過去の私と今の私とを比較されるのは少し恥ずかしいと思ってしまう部分もあり、私は濁すように答えた。

「国の一大事だと思いましたから」

「……いや、違うだろう。ヴァリドー家の三男、レイス・ヴァリドーがそうさせているんだろう？」

「……」

私がアエルに面会したいと話した時、今のヴァリドー家の抱える問題についても触れた。

そして、可能ならば、爵位の継承をレイス・ヴァリドーに変えるようなことはできないのか、とも相談していた。

……まあ、それを手っ取り早く行うとしたら長男次男が死ぬことなのだが、私だって別に殺すほどにまで憎んでいるわけではなかった。

「そう、かもしれませんね」

「……あのお前に、そこまでさせるほどなのか？　そのレイスという男は」

「……どうでしょうか。ただ……私は今のレイス様であれば、ヴァリドールを……いやこの国を変えてくれるかもしれないと、思っています」

それは、レイス様を褒めるための過剰な嘘……ではない。

私は、心の底から……そう思っていた。

レイス様は、貴族のいいところと悪いところ、その両方を知っている人だ。自分自身でその悪かった部分に気づき、それを改善している。

今すぐには無理でも、協力者がいれば……きっと彼は平民と貴族、双方の仲を取り持つこともできるようになるはずだ。

私の言葉を聞いたアエルは、しばらくじっとこちらを見てから口元を緩めた。

「……そこまでの、男なんだな」

「はい」

「……なんだか、少し妬けてしまうな」

理由は分からないが、アエルはぷくーっと再び頬を膨らませた。

その時だった。

部屋にあった衣装棚ががたがたと動き出す。……なんだ？　私がそちらに視線を向けると、抑え込んでいたがかすかに魔力のようなものが感じられる。

不審には思ったが、アエルがまるで反応を見せなかったので……怪しい人ではないのだろう。

私が視線をそちらへ向けた次の瞬間だった。勢いよく扉が開くと、転がるようにして一人の女性が姿を見せた。

美しい金色の髪を揺らし、丁寧に髪をかきあげる。自信と気品に溢れた表情を浮かべた彼女は、口元を笑みで飾る。

私は、予想もしていなかった人物の登場に、思わず声を張り上げる。

「……ふぃ、フィーリア様!? なぜそんなところに……？」

この国の第一王女であられる彼女が、そこにはいた。

私が驚きの視線を向けていると、フィーリア様がゆっくりと口を開いた。

「わたくし、人を驚かせるのが趣味の一つでして。良い、驚き顔でしたよ」

……フィーリア様は悪戯好き、というのは風の噂で聞いたことがあった。

これが、そういうことなんだろう。

私がちらとアエルへ視線を向けると、彼女もまた悪戯に成功したことを喜ぶようにくすくすと笑っていた。

……アエルめ。フィーリア様と結託して私を驚かせるつもりだったな。

「珍しいものが見られたな」

「まさか、そのためだけにフィーリア様を呼んだのですか？」

「いや……フィーリア様は剣を学びたいとおっしゃってな。今は私が時々剣の指導を行っていてな。それなりに関係があってな」

アエルがそういったところで、引き継ぐようにフィーリア様が口を開く。

「アエルにはいつもお世話になっていますわ。今日も、表向きは元副団長に剣のご指導をして頂ける、ということでこちらに来る予定にしていたのですよ」

「……貴族の方が、剣を学ぶなんて……意外ですね」

「そうですね。貴族、といえば魔法ですもんね。変ですよね」

寂しそうにフィーリア様が目を伏せる。アエルが、じろりとこちらを見てくる。

「フィーリア様を侮辱するとは、素晴らしい度胸だな」

「い、いえ……そういう意味ではなくてですね……！」

「いえいえ。落ち込んだ振りなので気にしなくて良いですよ」

「……」

こ、この人は……！　私は自分の頰がひくつくのを感じながら、からかうように笑うアエルをじろりと見る。

そうしていると、フィーリア様は嬉しそうに語りだす。

「変なのは承知ですが、わたくしは剣に強い憧れを持っているんですよ」

「そう、ですか」

「はい。わたくしの大好きな『戦王物語』に出てくる主人公が、剣と魔法を使ってバッサバッサと敵を倒しているものですから……わたくしもそのようになりたいと思っていますのよ」

キラキラと目を輝かせて語るフィーリア様は、普段のようなしっかりとした様子はなく子どもっぽさに溢れていた。

「……あまり質問して、またからかわれたくはない。

私が壊れたように頷きを返していると、フィーリア様は一度咳払いをしてから、口を開いた。

「さて、話を戻しましょうか。わたくしがどうしてこのような場で話を聞いたのか。……それは改まった場で先ほどのような話をしてしまいますと……他の貴族の耳にも入り、対策を講じることが難しくなるからですわ。あくまで、わたくしがたまたま聞いた話で、たまたまヴァリドールに向かうようなことになったとなれば、誰の責任にもなりませんから」

　……それは、フィーリア様なりの配慮なのかもしれない。

　今回の一件、私は自分の首を、文字通り覚悟してこの場に来ていた。

　最悪の場合、貴族たちに消される可能性もあったので……ついてきたいと話していたゲーリングを置いて一人で来たのだ。

「フィーリア様は……貴族の中でも信頼できる数少ない方だ。安心してくれ、ザンゲル」

「……ご配慮、ありがとうございます」

　アエルが私の事を考えてくれたのだろう。感謝の言葉を伝えると、フィーリア様がこちらへと歩いてきた。

「とりあえず、詳しいお話は剣の指導をしていただきながらにしましょうか。わたくしは一応、その予定で来ていますので」

「分かりました」

　フィーリア様に頷いて返し、私たちはすぐに訓練場へと向かう。

フィーリア様と向かい合ったところで、剣を構えると……フィーリア様もアエルのような構えをとる。

……私の話を聞くという口実のためではなく、日頃からよく訓練されているのが分かる落ち着いた構えだ。

模擬戦形式での訓練を開始し、フィーリア様の剣を捌いていく。

彼女の速度はかなりのものであり、剣の技術にも無駄がない。私を追い詰めるために、様々な攻撃を仕掛けてくるのは見事だ。

「……」

そんな私たちの戦いを傍らで見ていたアエルの表情が、どんどん険しくなっていく。

一度、フィーリア様が距離を置いたところで、私は半身の構えのまま剣先を向ける。

「……ザンゲル。お前、ここ最近訓練したのか？」

「訓練、というかレイス様の指導を行っていますが」

「……明らかに、体のキレが良く見える。騎士団にいた頃よりも強くなっていないか？」

「一応、『悪逆の森』で戦っているから、レベルが上がっているのではないでしょうか？」

剣の技術などは訓練で身につけていくしかないが、レベルが上がれば身体能力は上がる。

レベルというのは目に見えるものではないのが中々に厄介で、初めのうちはポンポン上がっていき、それで自分の実力を見誤る冒険者や兵士は多く、毎年新人が無茶をして怪我をするというのはよくある話だ。

「そうか……教えることによって、色々と学びなおした……というのもあるか」

「……教える、というよりも……教えられている、といった方が正しいかもしれません」

「……ん？　どういう事だ？」

「……今のレイス様は、恐らく本気で私を殺そうと思えば、私よりも強いでしょう」

「……なんだと⁉」

魔法や魔力などを用いない、純粋な剣の技術のみでいえば、私もまだレイス様に勝っているとは思う。

……まあ、それも互角か本当に少しだけ先にいる程度だとは思うが、もしも持てる能力の全てを使って戦え、と言われれば私はレイス様になすすべもなく敗北することになるだろう。

最近、どんどん使うのがうまくなっている青い渦を展開して作る空間魔法。あれは魔力の消費は凄まじいが優れているのは確かだ。

実際、ヴァリドールにいる冒険者にも空間魔法を使う者がいるそうだが、その能力はかなりのものだと聞いていた。

フィーリア様は剣を傾けながら、楽しそうに……そして、ちょっとだけむくれた様子で口を開く。

「それは……また一つ、楽しみが増えましたわね」

……フィーリア様がそう言った次の瞬間——動きがさらに加速した。

それはまるで、私に自分の強さを見せつけるかのようだった。

少し、反省する。

先ほどの私の発言を考慮すれば、『レイス様、私、そしてフィーリア様』という順番に戦闘能力を表していた。

そこが、フィーリア様には少し引っかかったのかもしれない。……負けず嫌いな性格なんだろう。

そんな、強さを証明するための苛烈化した攻撃を、私は全て捌（さば）いていった。


第一王女であるフィーリア殿下が来られるということで、我が家では大騒ぎになっていた。

特に兄たちは、それはもう舞い上がっていた。

『もしかしたら……オレの事が気になるのかも？』

『馬鹿言え、オレ様に決まっているだろ？　あぁ……結婚したらオレも王族かぁ……』

能天気な兄たちがそんな会話をしていたことを思い出しながらも、俺はそのフィーリア王女という名前を聞いて、驚いていた。

ゲーム本編に、出ていた名前だからだ。

だが、本人は、登場していない。

なぜなら……フィーリア様は原作開始前に、既に亡くなっていたからだ。

……原作開始直前に発生した、大規模なスタンピード。

それに巻き込まれて──。

いつスタンピードが発生するのか……もしかしたら、これまでの俺の行動によって未来が変わってくれたのかなんて淡い期待を抱いていたのだが、今、確信した。

フィーリア様が来られるその日が、運命の日だと。

……とはいえ、もう今日までにやれることはすべてやったつもりだ。

ゲーム知識を使い、できる限り能力の底上げに励んだつもりだ。

……後は、そのスタンピードを乗り切ればいい。

今日までに、俺は空間魔法を鍛え上げ、それなりに自由に移動できるようになっていた。

だから、一人で逃げようとすれば、簡単だ。

でも……それはな。

この世界に転生してから、色々な人たちと会った。

ゲーム本編でも好きだった、リーム、イナーシア、ヴィリアスはもちろん。

……この世界に転生してから親しくなった、ザンゲルやゲーリング、他にも料理長を始めとした使用人たち。

俺が仮に一人で逃走したとしても……彼らの中には今回の戦いに参加しなければならない人たちもいる。

……逃げるわけには、いかないな。

俺一人で、どこまで戦えるのか。

強くはなった。ただ、今の俺がどこまで通用するかは分からない。

……ゲーム本編通り、敗北する可能性だってあるわけだしな。

今より強くなるためにできることを考えていると……部屋がノックされる。

「……誰だ？」

「私よ。訓練場に行ったけど、まだあなたがいないと言われたから来ちゃったわ」

リームか。彼女はパンの入った籠を貰ってきたようで、ご機嫌な様子で食事をしながらの登場だ。

相変わらず、我が家での食事を楽しんでいるご様子だ。

扉を開けながら悪戯っぽく微笑んだ彼女に、俺は思わず部屋の時計を見る。

……もう、そんな時間だったか。

フィーリア様の話を聞いてから、すっかり訓練のことを忘れてしまっていた。

「悪い。ちょっと色々あってな」

ひとまず、いつも通り基礎訓練は行おうか。そんな事を考えていると、リームが俺の顔をじっと見てきた。

「……な、なんだ？」

「いえ、あなた、何かあったの？」

「……いや、別に。どうしてだ？」

「不安そうな香りがするわ」

匂いかい。

思わず気が抜けそうになりながら、俺は少し悩んだ。

……スタンピードの話をしたところで、リームには受け入れられないだろう。

というか、多くの人にとってそんな話は受け入れられないはずだ。

「いや、別になんでもないが」

「何か、隠しているわね」

ほとんど確信した様子のリームに、俺は苦笑する。

……匂いだけで、そこまではっきり分かるなんて、凄まじい嗅覚だ。

「別に、そんな事はないが」

「私に、話せないことなのかしら？　もしかして……浮気とか？　最近、冒険者の女性と一緒に行動している話はよく聞くけれど、それの事？」

「……どこで聞いたんだ」

「リョウの噂（うわさ）を集めれば、すぐに拾えるわよ？　能力のある冒険者、イナーシアという女性と一緒によく訓練をしたり、魔物狩りをしたりしているってね。浮気かしら？」

なんか、別件で滅茶苦茶（めちゃくちゃ）責められている気がする。

俺の方をじっと見てくるが、別に浮気しているつもりはない。

「いや、そうじゃなくてな……」

「なら、何かしら？」

「……」

ど、どうするか。

リームが追及するようにじっと顔を覗き込んでくるものだから、俺は答えに困る。

逃げようとしたが、俺の前を塞ぐようにリームが動いてくるため、逃げられない。

……仕方ない。彼女に、相談しようか。

「リーム。もしも俺が、少しだけ未来を見た、と言ったら信じるか？」

「信じるわ」

「……本気で言っているのか？」

「あなたが、本気で言っているのなら、信じるわ。本気ではないのかしら？」

「……」

……こいつは。

俺の言葉に、まっすぐに返してきたリームに、俺は思わず惚れ直してしまいそうになる。

……ゲーム本編でも、こういうかっこいいセリフをさらりと言うのだから、そりゃあ人気なわけだよな。

リームとは敵対する可能性があったため、俺はあまり彼女に対して特別な感情を持たないようにしていた。

……だというのに、こう心を揺さぶるようなことを言ってくるなんて、やめてほしいものだ。

彼女の奇行を必死に思い出し、俺は努めて冷静に伝える。

「本気だ。……単刀直入に言うとだ、『悪逆の森』でスタンピードが発生する未来が見えた」

「……それで、深刻そうな顔をしていたのね。それはもうすぐに起きるのかしら？」

「ああ。フィーリア様もいたから、恐らくフィーリア様がこの街に来る時だ」

「それは、誰かに相談したの？」

「いや、していない。……とりあえず、今から強くなってどうにか対応できるようにしないといけないと思っていたんだけど……」

「あなた一人でできることには限界があるでしょう？　……周りに相談しましょう」

「いや、妄言だと否定されないか？」

「前までのあなたなら、そうかもしれないわね。でも、今のあなたの言葉なら、違うと思うわ。少なくとも……私は信じるわ」

リームがそう言って、俺の手を握ってくる。

……彼女の真剣な表情とその声に、俺は思わず顔を逸らした。

「あら、珍しく照れているのかしら？」

「……いきなり、真面目に話をされたもんでな」

「普段はまったくそんな様子を見せないのに、なんだか意外な一面ね」

そりゃあ、こっちのセリフだっての。

いや、俺としては、今のリームの方がゲーム本編で見てきた姿なのだが、ここ最近が酷かったからな。

「なら、それを含めてザンゲルに話をしましょう」

リームがすぐにそう言って、今までに見たことがないほど真剣な表情で腕を引っ張る。

「……そうだな」

……俺は、自分が生き残るために必死に動いてきた。

それによって周りの人たちと新しく絆を築くこともできた。

……リームも、その一人のはずだ。

その彼女がそう言ってくれるのなら……もしかしたら、もっと多くの人が協力してくれるかもしれない。

ぎゅっと、俺の手を繋いでくるリームに頷きを返し、ザンゲルのもとへと向かった。


「……スタンピードが発生するかもしれない、ですか」

「ああ、そうだ。……はっきりとした根拠はない。ただ……俺は、フィーリア様が来られる日に、スタンピードが発生する未来を見たんだ。まずは、フィーリア様にこの事を相談して、フィーリア様が来られるのを止めた方がいいと思ってな」

彼女をみすみす巻き込む必要はないだろう。

俺とリームの言葉に、ザンゲルとたまたま一緒にいたゲーリングの両名は真剣な表情になっていた。

やはり、さすがに信じてもらうのは難しいか。そう思っていた時だった。

「……レイス様。フィーリア様が来られる日、ですか」

「ああ、そうだ。すまないな、こんな変な相談をしてしまって」

「私が知る……今のレイス様が無意味なホラ話をするとは思えません」

「……ザンゲル」

「私には騎士団との関係もありますので、アエルやフィーリア様にも今回の一件について話をして、騎士団が動かせないか相談してみましょう。ただ、こちらで向こう側が納得するように話を変えるつもりです。そこはよろしいでしょうか？」

「ああ、もちろんだ……でも、できるのか？」

「全ての騎士団を動かすことは難しいと思いますが、アエルやフィーリア様の関係者程度であれば動かせるかもしれません。……スタンピードの危険があるのは、既にこれまでに集めた情報からも、十分可能性としてはありますから」

「……そうか」

「アエルとフィーリア様とも話をしたことはありますが……レイス様の名前を出せば、お二人も真剣に考えてくれるはずです」

「……俺の名前を？」

「ええ。実は、レイス様の事はたびたびアエルへの手紙に書いていたんです。騎士団所属の人たちにも、レイス様に教えて頂いた方法で指導したところ、かなりの効果が得られたらしく、大変感謝していたんですよ」

「そ、そうだったのか」

……俺の知らんところで、俺の評価が何か上がっていたようだ。

ザンゲルは嬉しそうに語っていく。

「レイス様の剣の実力を伝えたところ、ぜひとも入団試験を受けてほしいとも話していましたよ」

「……そうか」

「それに今度の来訪ですが、フィーリア様はあなたの戦いを見てみたいとも話していました。目的の半分ほどはそれになりますので……それくらい、あなたに期待されているんですよ。まあ、私が自慢してきたからなのですが」

ザンゲルはふふんと、どこか誇らしげにしている。

……そ、そんな理由なのか。ゲーム本編でフィーリア様がヴァリドールを訪れた理由は判明していないが、恐らく今とは違った理由のはずだ。

「……分かった。とにかく、この街を守れるように少しでも戦力をかき集めてほしい」

「この街を、守るため……ですか」

俺の言葉に、ゲーリングはぴくりと反応した。

「ああ、そうだ。俺が見たスタンピードによる被害は凄まじいものだった。……もしも、俺の見た未来のような事態になってしまったら、街は壊滅状態になる。街の人たちはもちろん、この街を俺は……傷つけたくはない」

使用人の人たちにも家族がいるし、冒険者活動をして知り合ったたくさんの人たちがいる。

……街並みだって美しく、俺としては好きなものが多い。

それら全てを放棄して、逃げ出すことだってできるかもしれないが——俺は俺だけではなく全ての破滅の未来を回避したい。

「……っ。分かりました。僕も、できる限りの知人に声をかけ、戦力をかき集めます」

俺の言葉を聞いた瞬間、ゲーリングは背筋をピンと伸ばしてから深く頭を下げた。

……な、なんだ？　急にやる気に溢（あふ）れたゲーリングが部屋を去っていき、ザンゲルが俺に小さく頭を下げる。

「……ありがとうございます」

「ど、どうした？」

「あなたが、私たちのもとで率先して指揮をとってくれていることです。……おかげで、今のヴァリドール兵団は維持できています」

「……そうか？　とにかく、すまないな。可能性の話などをしてしまって」

「いえ、相談してくれて助かりました。……仮に、フィーリア様が来られる日にスタンピードが発生しなくとも、近々何かが起こる可能性がある、と知れただけでも貴重な情報になりますから」

ザンゲルは俺の言葉を笑顔で受け取ってくれた。

……良かった、相談して。

これまで、一人で全てを考え、行動してきた。

……だけど、気づけば俺の周りにはたくさんの仲間ができていたようだ。

後の問題は……フィーリア様か。

万が一、スタンピードが発生した場合、ゲーム本編のように転移石が使えない可能性がある。

そうなると、フィーリア様まで危険に晒してしまうことになる。

……実際、ゲーム本編ではフィーリア様が亡くなっていたわけだしな。

なので、彼女をこのヴァリドールに近づけたくはなかった。

「とにかく、危険な可能性が高いんだ。フィーリア様には、しばらくヴァリドールに近づかないよう伝えておいてほしい」

改めてそう伝えたのだが……ザンゲルの表情は険しい。

「もちろん、すべて話してみるつもりではありますが……難しいかもしれません」

「難しい？　死ぬかもしれないんだぞ？」

「……フィーリア様は、少し夢見がちなところがあるといいますか、その……スタンピードと聞くと、喜んでしまうかもしれないのです」

「どういうことだ？」

スタンピード、と聞いて喜ぶ奴は、戦闘好きくらいのものだ。

俺自身、自分が追い詰められているところを想像してそれはもう全身に形容しがたい幸福感が溢れ出しているのだが……いや、溢れ出してくるんじゃない、まったく。

……とにかく、よほどの特殊な性癖の持ち主でなければ、この状況を喜ぶような奴はいないだろう。

「フィーリア様は、『戦王物語』というのがお好きでして……レイス様はそちらの作品を読んだことはおありですか？」

「……あー、いや読んだことないな」

ゲーム本編で名前を聞いたことはあったが、中身の詳細までは語られていないので知らなかった。

「……そちらの作品はまあ一人の人間が、王になるまでの物語なのですが……剣と魔法を使いこなし、発生したスタンピードを抑え込み、人々を守り抜くシーンがあるんです。……恐らくですが、スタンピードと聞いたら英雄願望の強い彼女ですから、ヴァリドールにますます来たがると思います」

「……いや、ご自身の立場を考えて行動してほしいんだが」

「……善処、しましょう」

ザンゲル、頼むぞ？

改めて内心でそう考えながら兵舎を出ると、リームが軽く伸びをした。

「私も父に相談して、少しでも回せる戦力がないかを確認してみるわね」

リームが笑顔でそう言ってくれた。

「……そうか」

短く返事をしながら、俺はまだ伝えていなかったことを思い出し、彼女を呼び止める。

「……リーム」

俺の声に反応して、リームが僅かに視線を向けてきた。

「何かしら？」

「ありがとな。色々と、助かってる」

俺が改めて彼女に面と向かって伝えると、彼女は驚いたように目を見開いたあと、恥ずかしそうに顔を赤くした。

「……そ、そう？　べ、別に大したことはしていないわ」

「……なんで照れているんだ」

「だ、だって……いきなりそんな風にお礼言われるとは思っていなかったもの……み、見ないでちょうだい」

俺の顔を横に向けるようにして、彼女は頰をぐいっと押してきた。

……普段、もっと恥ずかしいことを口にしていると思うのだが、どうやら違うようだ。

「私は……あなたの婚約者なんだから……助けたいって思うのは、当然でしょう？」

「……そうだな」

それが……俺がこの世界に転生してからもっとも変わったことなのかもしれない。

これを……今は失いたくない。

そう強く思っていた。

「それにね」

リームは俺の手を握りしめてから、そっと顔に俺の手を近づける。そして、どこか嬉しそうな表情と共に、ぽつりと呟く。

「——あなたの匂いを失いたくはないもの」

「……これまでの全てが台無しだぞ？」

「私らしいでしょう？」

……いや、まあそうなんだけどな。

とりあえず、屋敷の人たちにできることはそちらに任せる。

俺は、俺として……いや、リョウとしてできることを始めよう。

まずは……ヴァリドールのギルドリーダーに話をしに行こうか。

俺がギルドへと行き、受付にギルドリーダーと話ができないかと確認してみる。

ちょうど今は手が空いていたようで、あっさりと通してもらうことに成功する。

この辺りは、リョウとして信頼を稼いでいたこともあるだろう。

職員と共に案内された部屋へと足を運び、俺はギルドリーダーに面会する。

「お前から来るとは珍しいな。どうしたんだ？」

「ここ最近、『悪逆の森』が特に異常だと思ってな」

　俺の言葉に、ギルドリーダーがぴくりと眉尻を上げる。

『悪逆の森』が異常なことについては、俺も兵団を通して情報は仕入れていた。ギルドとも連携しているわけで、ギルドリーダーもすぐに俺の意見に渋い顔を見せた。

「……確かにな」

「俺も個人的に色々と調べてみたが、スタンピード発生の可能性が高まっているんじゃないかと思ってな」

「……なんだと？」

　……具体的な情報は特に何も提示していないが、ギルドリーダーもその可能性は考えていたようで、驚きは少ないようだ。

「発生する可能性は……あるのか？」

　俺が問いかけると、ギルドリーダーは難しい表情と共に頷いた。

「……可能性が、まったくないとも限らない、とはヴァリドール兵団からも伝えられていてな。『悪逆の森』は常に監視していて、確かにここ最近の様子は明らかにおかしいとは聞いていた」

「スタンピードがもしも発生した場合……この街の冒険者と兵団で対応しきれるのか？」

「……兵団の方の戦力までは分からないが、今のところはどうなるか。少なくとも、冒険者たちだけでは難しいだろう。戦いに参加してくれる冒険者ばかりでもないしな」

　……だろうな。

異常事態が発生した場合、転移石が使えない可能性もある。

……街の人々の避難や戦力をかき集める場合は、少しでも早く動きたい。

ただ……あくまで可能性の話になるわけで、それに全ての人々を巻き込むわけにはいかない。

可能な範囲で戦力の補強や避難を行ってもらうしかない。

……問題は、この街だ。

ヴァリドール兵団が主となって戦うのだから……少しでも戦力を確保しておきたい。

……ザンゲルとゲーリングはもちろん、ヴァリドール兵団の人たちに生き残ってほしいからだ。

ザンゲルはゲーム本編でもいたが、モブのような兵団の人たち全てが生き残っているかどうかは分からない。

全員に生きていてほしい。

「『ドラゴンレイヴンズ』の人たちは、まだヴァリドールにいるのか？」

「ああ、いるが……」

「彼らにも協力要請をすることは可能か？」

「……一応、話はしてみよう。ただ、もしも本当に『悪逆の森』のスタンピードともなると……どこまで協力してくれるか」

……まあ、多くの冒険者たちはこんな話を聞いたら街から避難したくなるよな。

それでも、可能な限り戦力を集めてもらうしかない。

「頼む。話だけはしてみてくれ」

「ああ、分かった」

……これでまあ、多少の戦力が整ってくれればいいが。

原作とズレるような行動をしているため、原作通りに問題が発生するとも限らない。

それでも、可能性がある以上、準備をしておくべきだ。

ひとまず、今の俺ができるのはこのくらいか。

ギルドリーダーのもとを去り、自室へと向かった俺は外套などを脱ぎ捨てる。

レイスとして、兵の戦力は違和感のないように整えた。

リョウとして、ギルドの信頼を勝ち取り、より多くの冒険者をこの街に集めるための下地ができた。

……これ以上、できることはないように思う。

ここまで来たんだ……大丈夫だ、と思いたい。

個人での戦いは何度も繰り返してきたが、今回のような大規模な戦いはまだ一度も行っていないので不安も少しある。

それでも……俺は、五体満足で生き延びるんだ。

第九章　破滅の未来

『悪逆の森』の奥深く。

昼間だというのに日の光が差し込むことはなく、まるで漆黒の闇が広がるかのような場所に、その黒鎧(くろよろい)を纏(まと)った魔物は佇(たたず)んでいた。

周囲には不気味な瘴気(しょうき)が漂い、空気は重く淀(よど)んでいた。

黒鎧の騎士——魔族によって魂を与えられた存在である彼は長い間、森の奥深くで待ち続けていた。

誰も訪れることのない、『悪逆の森』の最奥。

そこにて、彼はじっくりと力をつけ、その時を待っていた。

彼の任務はただ一つ——聖なる力を持つ者の抹殺。

すなわち、この国の中で聖属性の力を持つ人間を殺すことだった。

それが彼に与えられたただ一つの使命にして、最大の使命だった。

それまで、じっと動きを止めていた黒鎧の騎士はゆっくりと歩き出した。

僅かに汚れの目立つ錆(さ)びついた甲冑(かっちゅう)を揺らしながら、静寂を破るような不気味な響きを森中に広げていく。

彼の全身からは黒い瘴気が立ち上り、その姿はまるで闇そのもののようだった。

彼の兜（かぶと）の奥には冷酷な光が宿り、その瞳には一片の情けも見受けられなかった。

「殺せ、殺せ」と脳内に響く声を頼りに、彼は『悪逆の森』を歩いていく。

エリア3に到着したところで、ウルフェンビーストが彼へと襲い掛かった。

その数は三体。しかし、彼は持っていた槍（やり）を振り回し、一瞬のうちにそれらを仕留めた。

そして——その死体に手を触れると、ウルフェンビーストたちは起き上がり、黒鎧の騎士の背後を、まるで配下のようについて回る。

黒鎧の騎士が手を振ると同時、彼の黒い瘴気から魔物たちが姿を見せていく。

全て、これまでに倒した配下の魔物たちだ。

黒鎧の騎士はそれらを一瞥（いちべつ）し、『悪逆の森』内で自由に行動させる。……魔物たちの悲鳴があちこちで上がり、またたくまにその配下の数が増えていく。

そんな黒鎧の騎士たちは、『悪逆の森』の入り口に到達した。

そこには、人間がいた。

Aランク冒険者の一行が、この森の調査をするため偶然に訪れていたのだ。

しかし、彼らが気づいた時には既に手遅れだった。

「なんだ、この瘴気……？」

冒険者の一人が呟いた瞬間、黒鎧の騎士が現れた。その動きは音もなく、まるで影のように滑らかだった。次の瞬間、冒険者たちに襲いかかった。

「な!?」

驚いた様子で冒険者の一人が叫び、剣を構えたが、あっさりとその剣が断ち切られる。

槍の一閃(いっせん)によって破壊され、その体が両断され、目から光が失われる。

すぐに、別の冒険者が反撃するのだが、その攻撃も間に合わない。

「に、逃げろ！」

リーダーが叫んだが、その言葉を行動に移す暇もなく、黒鎧の騎士の槍が振り下ろされた。

鋭い一閃が闇を裂き、冒険者の一人が倒れた。

鮮血が地面に広がり、残った冒険者たちの顔には恐怖が浮かんだ。

「な、なんだ、こいつは……！」

残っていた冒険者たちが必死に抵抗しようとしたが、黒鎧の騎士の動きは速く、正確だった。

彼の槍は一瞬の隙も見逃さず、次々と冒険者たちを斬り伏せていく。彼らの叫び声が森に響き渡り、やがて全てが静寂に包まれた。

黒鎧の騎士は、無言のままその場に立ち尽くしていた。

——聖なる者の力が感じられる方角へ、彼は歩き出す。

黒鎧の騎士に与えられた任務はまだ終わっていない。

彼は聖なる力を持つ者——フィーリア王女を狙うために進んでいく。

黒鎧の騎士によって『悪逆の森』は、静寂に包まれた。しかし、そこにいた魔物たちの全てが、黒鎧の騎士の支配下に置かれ、魔物たちが外へと溢(あふ)れ出すことになる。

一歩、また一歩と、破滅の未来が近づいていった。

「レイス様、よくお似合いですよ」

使用人に着替えさせられた俺は、いつもの動きやすい格好ではなく正装だ。

いよいよ、フィーリア様が来られるからだ。

「……あまり、こういう服は好きじゃないんだけどな」

「そんな事を言ってはなりませんよ。本日はフィーリア様が来られるのですから」

使用人の言葉に、俺は小さく頷いた。

兄たちは、俺の方をみてくすくすと笑っている。

「お前、サイズ合ってないな」

「そんなのを着てフィーリア様の前に出られるなんて、さすが能無しだな」

兄二人が、そう言ってバカにしてくる。

……家族たちは、そうやって俺をコケにするために、この場への参加を強制してきた。

普段ならば、無視されるのにな。

まあ、俺の着ている服は少し前に作ってもらったものらしく、今の自分には少しきつい。

昔と比べて体は鍛えて大きくなっているわけだしな。

ため息を吐きながら、家族たちの悪口を流していく。

そんな兄たちは、どうやらフィーリア様の事を考えているようだ。

「もしかしたら、気に入られて婚約関係になれるかもしれないからなぁ……」

「フィーリア様、まだ相手決まってないもんな。オレだって、可能性はあるだろうさ」

兄たちは、やはりフィーリア様との関係を狙っているようだ。

そううまくはいかないと思うが、そんな事を考えていると、家族たちは門の方へ視線を向けている。

……どうやら、来たようだ。

恐らくは転移石で移動してきたのだろう。護衛を数名引き連れたフィーリア様が、こちらへ歩いてくる。

護衛の一人に……見覚えがあるな。

アエル、だったか？　ゲーム本編では元騎士団長として牢屋に捕まっていた。

というのも、フィーリア様を守り切れなかったという罪によって、牢獄に幽閉されていたはずだ。

途中で、パーティーにゲスト参加していた事があったので、顔自体は覚えていた。

それにしても、フィーリア様は……さすがの美貌だ。ゲーム本編でパーティーに加わる第二王女の姉ということもあるんだし、かなりのものだ。

そんな事をぼんやりと考えていると、フィーリア様が俺たちの前にやってくる。

すぐに俺たちが頭を下げると、フィーリア様が口を開いた。

「顔を上げてください」

言われた通り、俺たちは顔を上げる。そして、俺の父が話し出す。

「本日はわざわざこちらまでお越し頂いて、ありがとうございます」

「いえ……久しぶりにこちらでの狩りの様子を見たいと思いましたので。本日はよろしくお願いいたします」

「ええ、もちろんです。フィーリア様が来られると聞いて、兵士たちもやる気満々ですよ」

いやいや、兵士たちは皆戦々恐々としていましたよ？

フィーリア様の護衛兼、『悪逆の森』での狩りをするというのだから、その心労は計り知れない。

それでいて、普段通り街の巡回や街周辺の調査、訓練など……日々の業務は変わらず行うんだからな。

特別手当でも出してくれないとやっていられないのだが、そういった気持ちを家族の誰も理解してくれていない。

「そうですか？　ヴァリドー家の兵士たちは質が高いと聞いていますから。楽しみにしていますよ」

フィーリア様は笑みを浮かべたあと、視線をこちらへと向けた。目が合うと彼女はニコリと微笑んだ。

「あなたが、レイスですね」

「……え？」

「アエルとこちらの兵団長を務めるザンゲルが知り合いでして……あなたが毎日剣の稽古に励んでいることは聞いていますよ」

「……そうなのですね」

まあ、ザンゲルも元騎士団副団長だったのだから、そこにパイプがあってもおかしくはないか。

予想外に好意的に話しかけられたため、少し驚いていた。

それは、家族たちもそうだったようだ。俺に剣を教えるように指示を出した家族たちとしては、予想外だったのだろう。

一歩近づいてきたフィーリア様が、ずいっと顔を寄せてくる。

「ぜひ、後で、全力で！　剣の手合わせをしましょうね……！」

その声には、どこか力強さがあった。笑顔ではあるのだが、なんとも迫力があり、有無を言わさないものだ。

「か、かしこまりました……」

「本気で、ですからね。第一王女などという立場は忘れ、全力で、殺りあいましょうね……っ！」

あの、ちょっと目を血走らせないでくれます？　怖いんで。

その後、訓練場へと移動する。

そこでは、兵士たちが訓練を行っている。

「これは……！」

アエルが驚いたように声を上げる。

兵士たちの模擬戦形式での訓練を見たからか。

今日は、リームとボリル、また一部の兵士たちが参加していた。

……リームが連れてきてくれた戦力だ。リームもここで学んだことを村の人たちに指導しているそうで、その戦力はかなり底上げされているのだとか。

もうハイウルフ相手に後れを取ることもないだろうということだ。

「……かなりの練度だな」

「……そうですわね。王国騎士団の中でも、トップクラスかもしれませんわね」

「ふっふっふっ！　そうでしょう！　我がヴァリドール兵団は」

「……そうですのね」

フィーリア様は、自慢げに話している家族たちに対しては興味のなさそうな反応だ。

……もしかして、アエルを通して、俺の事を色々と聞いているのだろうか？

まあ、別に俺の評価が高くなる分には構わないか。

「見事な、手腕ですわね」

「ふふふ、ありがとうございます……！」

フィーリア様は俺を見ながら、ぽつりと呟く。その誉め言葉を、自分の事と受け取ったのか
……いやまあ、もしかしたら俺も自意識過剰に反応してしまっているだけかもしれないが。

「レイスはここで、普段は訓練をしていますの？」

フィーリア様が俺に質問をしてくる。もちろん、兄たちが苛立った様子でこちらを見てくる。

「はい。ザンゲルやゲーリング、他の兵士たちに稽古をつけてもらっています」

「そうなのですね。それはそれは、レイスの腕前が気になりますわね！　そうですわ！　ここで模擬戦をしましょうか……！」

鼻息荒くフィーリア様がおっしゃられたので、俺は思わず頬が引きつる。

こ、この人どんだけ戦いたいのだろうか。模擬戦と口にした時の彼女の表情は、正直言って人には見せられないようなものだった。

その時だった。一歩前に出てきたのは、ライフだ。

「それでは、オレがやりましょう」

ライフはどこか苛立った様子で俺を見てきた。

……たぶんだが、フィーリア様が俺に興味津々なことが気に食わないんだろう。

フィーリア様は笑顔と共にライフへと視線を向ける。

「あなたも剣を学んでいますの？」

「いえ、学んではいませんよ。ただ、魔法の訓練はしております。戦闘能力で言えばオレたちの方が上ですよ。第一、レイスは側室との間に生まれた、落ちこぼれの子ですからね」

「……へぇ、そうですのね」

フィーリア様が、そこで悪戯っぽく笑った。

……なんだか違和感を覚える笑みだったが、フィーリア様はすぐに口を開いた。

「それでは、一度戦ってみせてくださいな。楽しみにしていますわね」

その言葉に、俺は少し恐怖を覚えた。

……まるで、全てを見透かすかのようだったからだ。

その彼女の態度には、どこか意地悪なものが混ざっていて……結末がどうなるかを理解して、この提案をしたかのように思えた。

ライフはそんな事一切気にならなかったようで、笑顔で一礼し、小馬鹿にした様子でこちらを見てきた。そして、にやりと口元を緩める。

……勝つ気、満々のようだな。

俺は兄と向かい合うようにして立ち、刃を潰した短剣を両手に持った。

ライフは何度か魔法を使用する素振りを見せる。火魔法が得意なようだな。

確かに魔法の才能はあるのかもしれないが……ほとんど鍛えていないように見える。

錆(さ)びついた剣が使い物にならないのと同じで、放置された才能では俺にとって脅威には映らなかった。

俺が何度か剣を振ってみせると、ザンゲルが声をかけてきた。

「……多少、好き放題にやっても大丈夫だと思いますよ」

「……それは、お前がアエルを通して、口添えしてくれたからか？」

彼は騎士団長たちとの関係もあるようだったしな。

俺の言葉に彼はこくりと頷いた。

「……今回の巡察で、フィーリア様に色々とヴァリドー家の問題を見て頂くつもりでした。その一つに……レイス様の事もお願いしておりましたので」

「俺の事？」

「ええ。……今のレイス様をより好待遇で迎え入れられる場所がないかと、思いまして……このまま、あなたがこのヴァリドー家に潰されてはもったいないと思いまして……申し訳ございません」

……だから、フィーリア様がこの屋敷を訪れることになったのか。

ゲーム本編では、ザンゲルは恐らく純粋にヴァリドー家の問題について話したんだろう。それで、フィーリア様が見に来て、最終的に彼女は亡くなられてしまったが、ヴァリドー家も爵位を失うことになった、と。

そんな事を考えていると、ライフがこちらを睨んできた。

「さっさと準備をしないか、無能者」

「……ええ、申し訳ありません」

俺はちらと視線を向けてから、短剣を両手に持ってライフと向かい合う。

「そんな貧相な武器で、オレに勝てると思っているのか？」

「……」

……言葉は、必要ないだろう。

ライフが魔法の準備をしていたので、俺はじっと視線を返す。

……隙だらけだ。今のライフは、どこを見ても隙ばかりで……こんなの、殺してくれと言っているようなものだ。

「それでは両者ともに準備はいいですね？」

ザンゲルが俺たちの間に入り、審判として場を取り仕切る。

「ああ」

「さっさと始めろ」

「……それでは、始めてください」

ザンゲルがそう言った瞬間、ライフが弾かれたように地面を蹴った。

こちらに近づいてきながら、拳を構える。……魔力による身体強化は対面していて分かるくらいに杜撰（ずさん）なものだ。

何より……おっそ。

こちらへと迫ってくる彼が、スローモーションのように見えるほどにとぼとぼと動いている。

拳を振り上げ、そしてこちらに向かって振り抜いてきた。

……俺はそれをギリギリまで引き付けてから、さっとかわした。

ライフの拳は空をきり、まさかかわされるとは思っていなかったのか、彼は目を見開く。

「なんだと!?　オレの攻撃が当たらないなんて……！」

ライフは魔力による身体強化は行っているようではあるのだが、その精度はかなり低い。

「……くらえ！」

ライフがそう叫び、火魔法を放ってくる。

彼の火の弾丸が迫ってきたが、俺はそれを展開した青い渦で飲み込んで、消した。

「なっ⁉」

驚いた様子で後退したライフの背後へと移動する。

そして、その背中を思い切り蹴りつけた。

俺の蹴りを喰らったライフが地面を派手に転がる。

「があぁ⁉」

ごろごろと転がっていたライフは体を起こそうとしたのだが、よほど痛かったのか、目に涙をためていた。

「き、貴様……⁉」

父が苛立った様子で声を上げ、こちらを睨んできた。

そのタイミングで、フィーリア様がぽつりと声を漏らした。

「……ここまでにした方がよろしいですわね」

さすがに、フィーリア様が間に入るとなると父も言葉を挟むことはできそうになかった。

「お見事ですわね、レイス」

「ありがとうございます」

フィーリア様は俺の方へ一歩近づいてきた。

彼女は悔しそうに睨んできていたライフになど一切目を向けていない。

彼女の笑顔にはそう……次はわたくしと戦いましょうとしか書いていなかった。

「それでは、次こそわたくしとの戦いですわね……っ」

「……」

マジでやるの……？　フィーリア様が戦いたそうにこちらを見てくるので、俺は助けを求めるように騎士団長やおつきの騎士たちを見るのだが、皆諦めたような表情である。

「こうなったら、もう止まらないんです……」と言っているように見え、普段の騎士たちの苦労が窺えるようだった。

……仕方ない。このままフィーリア様とも戦うのか。

そんな事を考えていた時だった。

「大変です、ザンゲルさん！」

「どうした……？」

慌てた様子でやってきたゲーリングに、俺たちは思わず顔を向ける。事情も、あったわけだしな。

しかし、父はすぐに激怒して、声を張り上げる。

「今、王女殿下が来られているのだぞ!?　無礼者！」

「緊急事態かもしれません。わたくしの事は気にせず、続けてください」

フィーリア様がそう言うと、父は眉根をぐっと寄せる。……先ほどから、自分の思う通りに話が進まず、苛立っている様子だ。

「……はい！　ただいま、『悪逆の森』から大量の魔物が溢れていると報告がありました」

「なんだと!?　それは本当なのか!?」

父と家族たちが、青くなって叫んでいた。

「……はい。先頭に立つ黒鎧の騎士が『悪逆の森』の魔物たちを従え、侵攻してくるようなんです」

……黒鎧の騎士？

俺は聞きなれない単語に思わず顔を顰めていたのだが、父も同じように絶望した様子になっていた。

「……な、なんだ、そいつは。へ、兵士たちは何をしている！」

「……今現在は結界の展開の準備に向かっています。偶然ギルドに優秀な冒険者たちも集まっていて、彼らも対応のために動いてくれています。しかし、この街の総指揮権はルーブル様にあります。今後の対応についてのご意見を頂けますか」

「すぐに避難だ！　転移石を使い、別の街に移動だ！　それから、戦力を整えて迎え撃つぞ！」

……まあ、魔物の規模が分からないとはいえ、その判断自体は正しい。

ヴァリドールが、普通の街だったらだ。

すぐに反応したのはフィーリア様だ。

「……ちょっと待ってくださいまし。ヴァリドールは魔物の侵攻を止めるための街ですわ。

魔物に対抗するための様々な武器があるのですから、ここで対応した方が良いのではありませんこと？　他の街から兵士の援軍を募集し、転移石で移動してきてもらえれば十分可能だと思いますが」

フィーリア様の意見が、正しい。

このヴァリドールには対魔物用の装備が大量にあり、結界装置も他の街よりも優秀だ。それらの燃料や整備が準備されていれば……それらを用いて援軍を待ちながら戦うのが正しい。

……燃料があり、整備がされていれば、な。

整備自体は俺がヴィリアスにお願いして見てもらっているが、何せ数が多いからな。必要最低限しか整備できていない。

燃料は……軍事費が割かれていないので、もちろんほとんどない。

そこまで、父も計算したのだろう。

その顔がますます青くなっていく。

しばらく沈黙が続いてしまい、ゲーリングが口を開いた。

「……話の邪魔をして申し訳ありません。転移石ですが、『悪逆の森』の魔物たちの影響か魔力が不安定になり、使用不可能な状況だそうです」

……やはり、そうなるのか。

ストライト村の時もそうだが、転移石を使って逃走するのは難しいな。

「そ、それでは避難もできないのか……」

父は絶望的な声を上げている。

「え、ええ……街の人たちを逃がすとしても、我々で魔物たちを食い止める必要があります」

『悪逆の森』とは逆方向へと避難すれば、何とか逃げることは可能だろう。

街全体に避難勧告を出し、そこからすぐに行動してもらうとなると……難しい。

全員での大移動になるし、街中もかなりの渋滞となるだろう。

人によっては避難したくない人もいるだろうし、それらを説得して回る余裕はない。

第一、避難者には一般市民もいる。戦闘能力のない街の人たちを護衛するためには、それだけ兵士も割く必要がある。

……そっちに兵士を割いて、さらに魔物の進攻を足止めする、のはさすがに無謀だ。

足止め役は全滅してください、という前提なら何とかなるかもしれないが。

家族たちは顔面蒼白。

その中で、父は顔を上げた。

「……西門にて、魔物たちを迎え撃つ。すぐに戦闘準備を整えよ！」

「……承知しました」

決意を固めたように父が叫び、ザンゲルが敬礼する。

そして父は、ちらとフィーリア様を見る。

「フィーリア殿下。こちらは危険ですので、息子たちとともに避難の馬車に乗っては頂けませんか？」

……兄たちは、避難させるんだな。ということは、父は自分一人が犠牲になって残る作戦なのかもしれない。

それは確かに正しいかもしれない。

しかし、フィーリア様は首を横に振る。

「いえ、わたくしも残りますわ。これでも、それなりには戦えますし、何より……偶然にも多くの兵も同行していますから」

……フィーリア様は、どうやら俺の夢の話を信じてくれたようで、この街に来る時にかなりの数の騎士団を同行させてくれた。

想定以上の援軍だったので、ザンゲルに相談して良かったと心から思っていた。

「ですが、もしも殿下に何かあれば、我がヴァリドー家の沽券に関わります！　どうか、共に避難を！」

「ですが、あなたが指揮をとってくれるのでしょう？　できる限り魔物たちの足止めをし、それから結界を張り、時間を稼ぎ、その間に別の街の援軍がくれば問題はありませんわ。わたくしがここにいる、ということを伝えれば恐らくすぐに人も集まりますしね」

……それもそうだろう。フィーリアの父……つまりは国王がこのような状況で黙っているはずがない。

フィーリア様の描いている作戦は恐らくこうだ。

大都市には結界装置と呼ばれる魔道具がある。燃料として多くの魔石を使うことになるが、ヴァリドールほどの大都市ならば数日程度は展開できるだけの貯蔵がある。

魔物からの攻撃を受けたとしても、一日程度は恐らくはもつだろう。

だから、できる限り魔物たちの進攻を遅らせ、ギリギリまで粘ってから結界装置を展開する。

粘っていけば、確実に魔物たちを押さえつけられる……と算段しているはずだ。

……まあ、それはそうなんだけどな。

我が街の結界装置は、持って半日だ。

これでも、少ないお金の中から捻り出して何とか確保した魔石だ。

装備品に関しては、ヴィリアスのおかげでだいぶ改善したが、それでもあまり余裕はない。

「……分かりました。ですが、危険があればすぐに下がってください」

「もちろんです」

フィーリア様はそう言って、父に頷いていた。

……問題は、ここからだ。

俺の空間魔法をどこでどのように使うかだ。

戦闘か、あるいは避難に使うか。

……避難に使う、といってもそんなに大人数を運ぶことはできない。

王都への連絡はすぐに騎士団の方で行ってくれたようで、そちらからの援軍はある程度耐えられれば来るはずだ。

問題は……それまでの時間を街にあるアイテムでどう耐えるか、だな。

これから戦闘を行う可能性があるため、俺は自室へと戻り、衣服を着替え、しばらく考えていた。

ギルドの様子も見に行きたいのだが、そちらはゲーリングが向かって話をしてくれているそうなので、しばらくは大丈夫だろう。

問題は……ここからだ。

「レイス、ちょっといいかしら？」

「どうした？」

部屋のベッドに腰掛けていると、リームがやってきた。

彼女を部屋に招き入れると、リームが俺の膝の上に座ってくる。

今日も彼女はパンを片手に持って俺の匂いを嗅いでいて、それはもう忙しそうだ。すっかりこの様子にも慣れてしまった自分が怖い。

そんなリームが匂いを嗅ぐために、顔を近づけてくる。

「もしかしたら、これが最後のくんかくんかなのかもしれないのよね」

「……ここで死ぬつもりはないぞ？」

「それはつまり、また私に匂いを嗅がせるために生き残ってくれるってことよね？」

自分にとって都合のいい解釈をしないでくれっての。

俺の胸に鼻を押し付けてくるリームは、相変わらず魔力の高ぶりが発生しているようだ。

……リームがこの場にいるのは、恐らくイレギュラーだろう。

彼女が俺と出会う機会を増やしたことで生まれたイレギュラー。

そして、それはリームだけではない。

イナーシア、ヴィリアスはもちろん、ザンゲルやゲーリング……それにフィーリア様の騎士団など、ゲーム本編でスタンピードが発生した時とは大きく状況が変わっている。

「リーム、お父さんには会ってきたのか？」

リームの父であるボリルさんも、今日はこちらの兵団に合流してくれていた。

……全ては、俺の夢を信じてくれたからだ。

未来を変えるために、十分に準備はしたつもりだ。

フィーリア様が死ぬ未来はもちろん、この街や、この街の未来の全てを……変える。

そう決意して、俺が廊下に出た時だった。

ザンゲルがこちらへとやってきた。

「……レイス様」

「どうした？」

「ルーブル様たちが、街から去っていったと報告がありました」

やっぱりかよ……。

俺はため息を吐きながら、ザンゲルの言葉に頷いた。

フィーリア様が死ぬだろうこのイベントで、レイスくんもまた片腕を魔物に食われるという大怪我を負うことになる。

それは、ゲームではリームから聞けるのだが、彼女は「ざまぁ」と楽しそうに語っていたものだ。

……うん、その時のリームの顔を思い浮かべ、少し体がゾクゾクとしてしまったのは脇に置いておこう。

なぜやられたのか、具体的な原因は分からない。

街に残って戦ったからなのか、一人で避難しようとして魔物に襲われたからなのか。

どちらにせよ、恐らくレイスくんは放置されるだろうなと思っていたし、俺は父が少ない勇気を振り絞って戦う選択をしたとはまったく考えていなかった。

フィーリア様を逃がしたあと、自分も逃げるつもりだったんだろう。

まあ、分かっていてもそれを指摘するつもりはなかった。

いても邪魔だし。下手に何か言われる方が嫌だ。

むしろ、俺にとって、この状況は好都合だ。

慌てたような足音が聞こえると、ちょうどフィーリア様がアエルを連れてやってきた。

「レイス！　大変ですよ！　ルーブルたちが屋敷にいません！」

「ええ、今しがた聞きました。なんでも逃走したようですよ」

俺の言葉にフィーリア様とアエルが顔を顰めた。しかし、フィーリア様はすぐに笑みを浮かべる。

「それはつまり、ヴァリドー家としての立場を放棄し、逃亡したということですね？」

「……そうなりますね」

「そうですか。そうですのね！　それなら、話が早いですわね！」

「どういうことですか？」

フィーリア様は、それはもうとても嬉しそうに両手を合わせ、俺を見てきた。

「このヴァリドー家は一度解体して、あなたが爵位を引き継げるようにしようかと考えていたんです。ですが、その手間が省けそうですわね」

「……そんなこと、考えていたんですか？」

「ええ。とりあえず、今後については改めて話しましょうか。ひとまずは、このスタンピードをどう乗り越えるか、ですね。ふ、ふふふ……！」

何やら不気味に微笑んでいるフィーリア様に、俺は眉根を寄せながら問いかける。

「フィーリア様？　どうされましたか？」

「この緊張感と、スタンピードという状況……とても、素晴らしく高揚しませんこと？」

「しませんが」

相手が第一王女であることを忘れて思わず即答してしまった。

「そうですの？　あなたは、『戦王物語』というものをご存じではありませんこと？」

出た。

フィーリア様が好きだとザンゲルから聞いていたので、少し目を通してみたのだが、アレは――

「知っています。…………男性同士の恋愛を主にした物語、ですよね？」

――腐女子向けのＢＬ作品だった。

い、いや別にそういうのを否定するわけではないんだ。

ただ、もっとこうバトル漫画的なものを想定していたので、かなり面食らっただけだ。

「そうですわ！　あれのラストシーンでは、スタンピードに挑む主人公とメインヒロインの絡みがそれはもう素晴らしかったですわ！　そして、今のレイスがまさにその状況ではありませんこと⁉　これはもう、そういうことですわよね？　レイスは、どなたか、メインヒロインはいないのですか⁉」

何言ってんだボケ。思わず口をついて出そうになる言葉をぐっと堪える。

相手は、第一王女殿下。相手は、第一王女殿下……！

メインヒロイン、というがフィーリア様の話しているそれは恐らく男性の事だ。

「フィーリア様の求めるような人は、いませんかね。しいてあげるなら、俺にはリームという大事な守るべき存在がいるくらいです」

「……なるほど。なかなか、ままなりませんわね」

すんませんね、あなたの希望通りにならなくて。

「ひとまず、話を戻しますよ。……現在、この屋敷の当主が不在の状況になりましたので、指揮は俺がとります。大丈夫ですか？」

「構いませんわ。普通なら、こんな状況ともなれば、士気も下がるとは思いますが……この屋敷の人たちにとってはレイスさえいれば問題ありませんわね」

「……そうですね」

ちょっとおかしい部分はあるが、かなり冷静な様子で人を見る目もあるようだ。

この屋敷の人たちにとって、今の俺さえいれば問題がないというのも事実だった。

「それでは、レイス。……あなたに、ヴァリドー家としてこの戦の指揮をお願いしますわね」

「分かりました」

……確実に未来は変わっている。

今この場で、この街の最高権力者は俺になる。

俺がそう宣言をすると、ザンゲルがすっと深く頭を下げる。

「レイス様の初めての戦。我々は命に代えてでもあなたに全てを捧げましょう」

ザンゲルの宣言に、俺はすぐに首を横に振る。

「命は大事にするように。ザンゲル、すぐに門へ全ての兵を集めてくれ。それと、ギルドとも連携して人を集めてくれ」

「分かりました」

「他の伝令役は、ギルドへの連絡と街の人たちへ今この街の状況について伝えてくれ。不安を煽ることのないようにな」

「はい、もちろんです」

ザンゲルに指示を飛ばすと、活気溢れた様子で動き出す。

……俺の状況はあっという間に屋敷中に知れ渡り、戦の前だというのに皆のテンションはかなり高い。

相手の多くは『悪逆の森』の中でも危険な魔物だという状況にもかかわらずだ。

とりあえず、西門で戦闘準備をしなければならないだろう。

後は……リョウをどのように使うか、だな。

一度、ギルドに向かい……そちらでも話をする必要があるだろう。

「リーム……少しだけ、リョウとして行動してくる。何か聞かれたら、うまく誤魔化しておいてくれ」

「……ええ、分かったわ。頑張ってね」

俺は唯一の理解者であるリームに声をかけてから、屋敷を離れ、ギルドへと向かった。

あまり長時間屋敷を空けるわけにはいかない。俺まで逃走したとは思われたくないからな。

ギルドへと向かうと、そこでは慌ただしく人々が動いていた。

こちらに気づいたギルド職員に声をかけられる。

「りょ、リョウさん！　大変ですよ！　『悪逆の森』から変な魔物が現れたらしいです！

斥候の情報だと、一時間もしない内に街にやってきてしまいそうなんですよ……！」

「ああ、話は聞いている。ギルドリーダーはどうしている？」

「それが、ちょうど今街にいたクランの人たちと具体的な作戦の話をしているところでして……」

「クランの人？　『ドラゴンレイヴンズ』か？」

「いえ、それだけではなくてですね……。と、とにかくリョウさんも来てください！」

どういう事だ？

俺は、職員に案内されるままに歩いていく。

案内されたのは、とある会議室。……会議室には、ゲームで見たことのあるキャラクターたちの姿があった。

……確か、有名クランの人たちだよな？　そこまでストーリーで関わらない人もいるのだが、顔だけは覚えていた。

職員に案内された部屋には、各クランのリーダーたちの姿があった。

その一番奥の席に座っていたニューナーが、俺と目が合うと軽くウインクしてきた。

……彼女が、このメンバーを集めてくれていたようだ。

……本当に、感謝しかないな。

全員、かなりの戦闘能力を持っているのは確かで……それがこれだけ集まっているのは心強い。

皆が、俺を射貫くような視線を向けてきて、同時に探るようにこちらを見てくる。

こちらの魔力を探っていたのか、彼らの表情が好奇の笑みで飾られていく。

「……へぇ」

「……まさか、これほどとはな」

そんなクランリーダーたちの呟きが聞こえてきたところで、ニューナーがパチパチと拍手をした。

「キミの予想通りだったね。まさか、本当にこのタイミングでスタンピードが発生するとは。いやはや、事前に五大クランの面々を集めておいて正解だったね」

「まさか、これほどのメンバーを集めてくれてるなんて思ってもなかったぞ」

「キミには、お世話になっていたからね。これで、恩を少しは返すことができたかな？」

「むしろ、こちらの借りができてしまったくらいだな」

冗談でもなく、本当にそうだ。

俺の言葉に、ニューナーは楽しそうに笑う。

「それなら良かったよ。ニューナーは『悪逆の森』の魔物を迎え撃つ準備はできているから、こちらは任せてくれ」

「……分かった、感謝する」

ニューナーがウインクをしてきた。

……ゲーム本編でも見たことのあるクランリーダーたちが、こちらを見てふっと微笑を浮かべている。

彼らが共に戦ってくれるのなら、その場を後にした。心強い。

俺は彼らに一礼をしてから、その場を後にした。

会議室を離れたところで、こちらへと歩いてきた二人組を見つける。

イナーシアとヴィリアスだ。彼女らもこちらに気づいたようで、ヴィリアスは少し眠たそうにイナーシアはそんなヴィリアスの腕を引っ張るようにしてやってきた。

「リョウ！　良かった！　あんたこんなところにいたのね」

「……まあな。二人とも街にいたんだな」

……ヴィリアスもイナーシアもゲーム本編での発言から考えるに、『悪逆の森』のスタンピードを経験している様子はなかった。

そんな二人がこの場に残っているのは、恐らくは俺と関わっていたからだ。

「あんたが言っていた通り、スタンピードが発生しちゃったわね」

「……まあな。二人とも、避難しなくてよかったのか？」

「リョウは戦うんでしょ？」

「ああ」

「なら、あたしも残るわ。お兄ちゃんがいなくなったら嫌だもの」

……理由はともかくとして、協力してくれるようだ。

イナーシアの実力は共に活動していたので、既に十分把握している。

「ヴィリアスも、いいのか？」

「うん。せっかく、知り合った人たちが頑張るなら……私もちょっと頑張ってみたいから」

……そうか。

俺は二人に視線を向けてから、指示を伝える。

「イナーシアは、冒険者連合として参加してくれ。ヴィリアスは、ヴァリドー家の屋敷に行って武器の管理が必要ないかを確認してみてくれ」

以前から武器の調達は行っていたので、今のヴァリドール兵団ならば問題はない。

それでも、最終確認は必要かもしれないからな。

「分かった」

「私も、ちょっと行ってくる」

「迷子になるんじゃないわよ」

「私には、秘策があるから大丈夫」

「秘策？　何よ？」

「リョウ、屋敷までの道を繋いでほしい」

「……あんたねぇ」

イナーシアがじとっとした目をヴィリアスに向ける。……まあ、移動時間を軽減できるし悪いことではない。

くいくいと腕を引っ張ってきたヴィリアスのために空間魔法を発動し、屋敷近くまで移動させたあと、俺は俺で屋敷の自室へと戻り、ザンゲルたちと合流した。

……全ての準備が終わった。

準備を終えた俺たちは西門の外へと移動した。

……既に兵士たちの配置は終わり、冒険者連合も配置済みだ。

ゲーム本編で、どこまでの兵力が集まっていたのかは分からない。ただ、ヴァリドールはなすすべもなく破壊されたと聞いていたので、少なくともその時よりも戦力は集まっているいることだろう。

後は、ここで、黒鎧(くろよろい)の騎士たちを迎え撃つだけだ。

冒険者たちも西門へと集まっている。

……屋敷から兵を派遣し、王都や他の街への応援の要請も出している。

後は、それらの援軍が駆けつけるまでの時間を稼ぐだけだ。

俺たちが視線を門の先へと向けていた時だった。

そいつが、現れた。

「……黒鎧の騎士が現れました！」

兵の一声が響くと同時、俺たちは視線を門の先へと向ける。

現れたのは、黒鎧を纏(まと)った騎士のようないでたちをした魔物だ。

黒いオーラのようなものを纏ったそいつは、明らかに他の魔物とは一線を画する異質さを放っている。

すたすたとまっすぐに迫ってくるそいつに皆が怯む中……俺はその魔物に見覚えがあった。

黒鎧の騎士……てっきり、デュラハンとかそういった類いの魔物かと思っていたのだが……こいつは――。

パラディンハンター、だ。

聖なる力――聖属性の力を持った者を狙って襲い掛かるという魔族たちが作った生物だ。

ということは、あの黒鎧の騎士の狙いは……フィーリア様……か？

フィーリア様の設定までは分からないが、双子の妹である第二王女殿下は、聖属性の魔法が使える。

いずれ、主人公の仲間になるその子は、この黒鎧の騎士たちに狙われていた。

……想定以上に、厄介かもしれない。

というのも、こいつら、かなり高レベルであり討伐するのは不可能と思われるくらいのものだった。

こいつらとの戦いでは、基本的にある程度戦ったところで逃走を選択するしかなかった。

まずい、な。

「全員怯むな！　魔法の準備を行え！」

そんな事を考えていると、ザンゲルが声を放った。

……兵士たちへの指示などは、ザンゲルに任せている。ザンゲルは小さく息を吐いてから、声を張り上げた。

「魔法を放て！」

ザンゲルの声が響くと同時、兵士、冒険者たちからいくつもの魔法が放たれた。

それを見たパラディンハンターは右手に持っていた槍を強く振り抜いた。

強風が吹き抜けると同時、黒い瘴気のような魔力が周囲を薙ぎ払う。

……来る！

俺は即座に声を張り上げた。

「全員、頭を下げろ……！」

俺の言葉に、どれだけの人が反応したかは分からない。

次の瞬間、俺たちがいた頭上を黒い斬撃が突き抜けていく。

街を覆う防壁を切り裂き、斬撃は周囲を薙ぎ払っていく。

「……ふざけて、やがるな」

さすがに、パラディンハンターの戦闘能力はずば抜けている。

……これを相手に、時間稼ぎができるだろうか。

周囲に絶望的な空気が満ちていく中、パラディンハンターが片手を上げた。

次の瞬間、彼の黒い瘴気が形となり、魔物が姿を見せる。

……あいつらは、仕留めた魔物の魂をストックし、それに魔力を込めて魔物を生み出すことができる。

現れたのは、『悪逆の森』に出現する魔物たちだ。それらが、一斉にこちらへと襲い掛かってくる。

先ほどのパラディンハンターの一撃によって、こちらの半分近くの戦士が負傷してしまった状況だ。

ザンゲルが、声を張り上げる。

「怯むな……！　魔物を迎え撃つ準備をしろ！」

ザンゲルが声を張り上げるが……この状況で、まともに声は届かないだろう。

それは、フィーリア様たちも同じだ。彼女たちはもちろん、迎え撃つ準備をしてこそいるが、得体の知れない魔物の最初の攻撃を受けて、まったく恐れがないわけではないはずだ。

……ここで、魔物の進軍を許すわけにはいかない。

必要なのは……向こうの未知の恐怖に対抗できるだけの、英雄的存在――。

今この場で、先制攻撃を仕掛けられるとしたら――俺くらいだ。

魔物たちがパラディンハンターの指示に合わせて進軍してくる中、俺は声を張り上げた。

「皆の者！　怯むな！」

俺は即座に空間魔法を展開する。

展開した巨大な青い渦……それが、こちらへと迫っていた魔物たちの足元へと現れ、その体を飲み込み、切り裂いていく。

「……ガアア⁉」

だが、全てを切り裂く前に、ウルフェンビーストのような黒い魔物に飛びかかられる。

……さすがに、全てを処理できるほどの空間魔法の範囲ではない。

こちらへと迫ってきていたそのウルフェンビーストは、しかし、俺に届く前に、氷の魔法が吹き飛ばす。

「私にこのくらいは任せなさい」

ウインクと共に、リームが視線を向けてくる。

彼女に続くようにして、ヴァリドール兵団の人たちの魔法が空中へと飛ぶ。

彼らの以前とは比べ物にならない強化された魔法が、たちまち雨のように降り注ぎ、迫っていた魔物たちを吹き飛ばす。

「魔法を放て！　レイス様に続け！」

ザンゲルが叫ぶと、ゲーリングや騎士団の人たちも動き出し、迫る魔物と交戦していく。

その魔物の突進をかわし、ミスリルナイフを振り抜く。

その背後――。パラディンハンターがすっと槍をこちらへと構える。

あいつに攻撃されると、厄介だ。手っ取り早く奴を押さえるには……誰かが戦う必要がある。

そう判断した俺は、即座に声を張り上げる。

「雑魚は任せる！　あいつは俺がやる……！」

「レイス様!?」

宣言すると同時、俺は青い渦へと飛び込み、パラディンハンターの背後へと移動する。

こちらに気づいたパラディンハンターがすかさず持っていた槍を振り抜いてきて、俺はそれを短剣で受け止める。

……黒い瘴気が周囲へと溢(あふ)れる。それはパラディンハンターのもので、俺の肉体へと侵食するように伸びてくるが、俺はそれを両手に持った短剣で弾(はじ)き返(かえ)す。

同時に空間魔法を放ち、その体を切断しようとするが、黒い瘴気が俺の魔力に干渉し、乱してくる。

厄介だ。

発動の妨害、攻撃の妨害を同時に行ってきて、うまく狙いがつけられない。

……魔法の維持を行うのも難しい。

その隙にパラディンハンターの槍が迫り、俺は短剣を交差させて受け止める。

弾かれながら俺は、戦場へと視線を向ける。

……向こうの魔物たちは、ザンゲルや冒険者たちで対応してくれている。

……後は、パラディンハンターを俺が押さえ込めれば、というところか。

空間魔法を展開するが、パラディンハンターは即座に飛びのき、槍を構える。

そして、その槍が投擲(とうてき)された。

まっすぐにこちらへと向かってきた一撃を、俺は跳んでかわす。

即座にパラディンハンターが迫り、かわした俺へと蹴りを放ってくる。

——速い。

速度には自信があったのだが、パラディンハンターの速さは俺の想像を超えるほどのものだ。

何とか上体を反らしてかわすが、パラディンハンターはそのまま槍を掴むと同時、一気にこちらへと迫ってくる。

……最初に放ったあの遠距離攻撃は、もう使ってこない、か。

そうだよな。あれは、ゲーム本編でも開幕に必ず放つ即死攻撃だった。

……主人公たちはＨＰ１で耐えていたのだが、あんなものくらったら体真っ二つになっての。

地面を蹴ったパラディンハンターが、一瞬で迫ってくる。そこから繰り出されたパラディンハンターの一撃は、ダークネスブレイクだ。

槍の先に黒い光が集まり、周辺広範囲を薙ぎ払う一撃。

だが、俺はその攻撃の範囲を完全に見切り、ぎりぎり当たらない寸前まで引き付けてから、踏み込んだ。

一閃。俺のミスリルナイフとグラディウスがパラディンハンターの体を斬りつけると、パラディンハンターは即座に後退する。

頑丈な鎧に傷をつける程度だが、ダメージを与えた。パラディンハンターはじとり、とこちらを睨んでくる。

俺はミスリルナイフとグラディウスで、槍を捌いていく。

一撃一撃が重く、それが絶え間なく繰り出されてくる。

攻撃が体を掠め、衝撃に吹き飛ばされそうになる。

痛みに怯んでいる暇はない。

ゲームと違うのは、ノックバックを気合いで押さえ込むことができる点だ。

俺は攻撃を寸前で捌きながら、反撃の刃を叩き込んでいく。

一撃一撃が、ギリギリだ。一度でも判断を誤れば、俺の体を槍が貫いているだろう。

「……」

パラディンハンターが険しい雰囲気と共に俺を睨み、それから今も戦闘中の魔物たちへと目を向ける。

戦場は——人間側が押し込んでいる。それがパラディンハンターにとっては不服なようだ。

想定通りに進まない、あるいは……本来の歴史通りに話が進まないことに苛立っているのだろうか?

俺は両手の短剣を握りしめ、再び地面を蹴った。パラディンハンターもまた、地面を蹴る。

俺たちの一撃がぶつかり合い、力と力の衝撃が空気を震わせる。

衝撃に吹き飛ばされそうになる。

だが俺は即座に反撃をし、その鎧に短剣を叩き込む。

頑丈な鎧に攻撃を弾かれる。

そして、パラディンハンターもまたダメージを気にせず、すぐに槍を振り抜いた。

ギリギリで身をひねってかわしたが、俺の肩を掠めていく。

痛みが肩を中心に体へと抜けていく。

痛みはある。だが、まだ動ける。

ぎりぎりまで引き付けてかわすことによって生まれたチャンスでもある。

短剣を握り直し、パラディンハンターの側面から一撃を振り抜いた。

パラディンハンターが槍で反応し、ミスリルナイフの一撃を兜に叩き込んだのだが、なかなか仕留めきれない。

ここまでの戦闘で疲労も溜まっていて、あまり持久戦には持ち込みたくはなかった。

だというのに、仕留めきれない。

焦りがあった。俺の魔力だって、無限ではない。戦闘を重ねるごとに身体強化によって魔力は消耗していく。

……後一歩、後少しだけ、速度が足りない。鍛えぬいたつもりだったのだが、まだパラディンハンターを超えるほどの速度と力はない。

だからこそ、ここまで戦闘が長びいてしまっている。パラディンハンターがゆらりと体を起こし、槍を構えると地面を蹴った。

さらに、加速した。パラディンハンターの圧倒的な加速に、俺は反応できなかった。

強くなったつもりだった。だが、まだ足りないというのか。

パラディンハンターの一撃に短剣を合わせたが、加速と共に振り抜かれた槍が俺の短剣を弾き、腹へと突き刺さる。

悲鳴のようなものが、遠くから聞こえた。あれは、誰の声だったか……リーム、か。

魔物たちとの間を抜けるようにして、リームが俺のもとへと駆け寄ろうとしているのが見えた。

すまない、と心の中で謝罪する。結局俺は、自分の破滅の未来を回避することはできなかった……のか。

そんな事を考えながら体が崩れ落ちそうになっていた時だった。

パラディンハンターの視線が、こちらへと駆け寄ってきていたリームに向けられた。

そして、その口元が……笑ったように見えた。

パラディンハンターが即座に槍を持ち直し、リームへと狙いをつける。

……パラディンハンターの狙いは、フィーリア様だけじゃない。

リームもだ。

彼女の中にも、聖なる力は存在した。ゲーム本編でも、その聖なる力を有していることは明言されていた。

「……そう、か」

パラディンハンターの視線がリームへと固定される。その槍を投擲しようとしたパラデインハンターの腕へ、俺は短剣を振り抜いた。

攻撃は、かわされる。

だが、パラディンハンターはちらとこちらを見て、槍を振り抜いてくる。

まずい、と思ったその時だった。俺の体を守るように結界魔法が展開されると、パラディンハンターが弾き飛ばされた。

……なんだ、今のは？

驚いて振り返ると、そこにはリームがいた。

「今のは、リームがやったのか？」

「わ、分からないわ。レイスを守ろうと思ったら……ああなって……とにかく、レイス、逃げるわよ！」

魔物たちを退け、駆け寄ってきたリームが俺の手を握る。

……さっきの結界魔法は、間違いない。

聖属性魔法だ。

まだ完成していなかった彼女の中にある聖なる力が、なぜかこのタイミングで完成した。

それは恐らく、俺との関わりが増えたからだ。

そして、それはつまり――。

パラディンハンターの目が鋭く、リームへと向けられる。

リームまでも、この化け物の標的にされるということになる。

「いや、まだだ……！」

「何言っているの⁉　このままだとあなた死んじゃうわよ！」

「こいつは、ここで倒さないと……ダメなんだよ」

ゲームでも、そうだった。第二王女を狙って、パラディンハンターは執拗に何度も主人公のパーティーへと攻撃を仕掛けていた。

ここで逃走し、パラディンハンターを仕留めそこなえば……またいつどこでこいつらに襲われるか分からない。

もしもここで、仮に逃げ切ったとしても、今後リームはずっと狙われることになるだろう。

そんなこと、許せるはずがない。

「……シャッ！」

パラディンハンターが声を上げると同時、リームへと向かって踏み込んでいく。

……狙いは、完全にリームへと定められている。彼女を守るため、俺が間に割って入り、短剣を振り抜く。

集中力を高め、振り抜かれた槍を短剣で捌ききり、その体を蹴り返す。

パラディンハンターの槍がすぐに迫り、その攻撃が体を掠める。

紙一重で捌いているが、いつまでも持つわけがない。

——今の俺では、勝てない。

未来を変えられないどころか、リームを巻き込んでしまった最悪の未来になってしまうかもしれない。

……そんなこと、させない！

腹部の痛みに手放しそうになる意識を、必死に繋ぎ止めながら俺はある一つの可能性を思い出していた。

――アドレナリンブースト。

ゲームの全てのキャラクターが使っていたそれを今ここで、俺が発動する！

……リームやイナーシアたちがわりと自由に使っていたその力。

俺の発動条件は……もう、分かっている。

俺が少しばかり目を背けていたその力は……簡単だ。

レイスくんから引き継いでいるこの性癖だ。

この痛みを……快楽として受け入れること。

レイスくんのマゾ気質は、転生した瞬間からあったものだ。

アドレナリンブーストとして昇華させるために、俺はレイスくんのこの性癖を受け入れればそれでいい。

「うおお！」

声を荒らげながら、振り抜いた短剣は……しかし空を切ってパラディンハンターの反撃の槍を腹部に受ける。

それと、同時だった。

胸の奥からドクドクと血液が送り込まれていくような感覚。

脳内が、視界が……すっとクリアになっていき、赤みがかった景色の中で、しかし冷静に状況を理解する。

明らかに、それまでとは違う感覚。

腹部に感じる痛みから生み出される、圧倒的な多幸感。

それを理解した俺は、ついだらしなく緩んでしまいそうになる口元を、好戦的に口角を釣り上げて、地面を蹴った。

パラディンハンターが……あまりにもゆっくりに見えた。

俺は、右手に持ったミスリルナイフを滑らせるように振り抜いた。

一撃はあっさりとパラディンハンターの顔面へと吸い込まれ、その体を弾く。

「……!?」

驚いた様子のパラディンハンターが即座に俺から距離をとる。

だが、俺はその場で短剣を振り下ろし、空間魔法を発動する。

「……!?」

俺の一閃は、パラディンハンターの背後から襲い掛かる。

空間魔法の入り口を眼前に展開し、出口をパラディンハンターの背後へ展開したからだ。

パラディンハンターの瘴気(しょうき)が俺の魔法を妨害してきたが、それを上回る速度で、魔法を

展開する。

同時に、俺は空間魔法へと飛び込み、パラディンハンターの脇へと移動し、短剣を振り抜く。

反応したパラディンハンターだったが、俺はそれより早くミスリルナイフを振り抜き、その左腕を切り裂いた。

「……っ」

鎧が落ち、そこでようやくパラディンハンターの顔に焦りが生まれたような気がした。

体は、さらに加速していく。

いくつも展開した青い渦の中を飛び移るようにして、俺は四方八方からパラディンハンターを斬りつける。

「……づ！」

押し殺したような声と共に、パラディンハンターが槍を振り抜いてきたが——遅い。

既に背後を取っていた俺は、パラディンハンターの背中へと両手の短剣を振り抜き、その体を深く切り裂いた。

パラディンハンターの体がよろめくが、しかしすぐに右足が地面を踏みつけ、その体を支える。

倒しきった、とは思っていない。

むしろその逆だ。

パラディンハンターが耐えることを信頼し、既に次の一手は打っている。

パラディンハンターの体を飲み込むように展開した青い渦。

それに、パラディンハンターが気づいた瞬間には、既に魔法は空間を切り裂いていた。

パラディンハンターの上半身と下半身をまとめて薙ぎ払うと、その切り裂かれた部分から血液のように黒い瘴気が溢れていく。

「が……あ……ァ」

……短い悲鳴をもらして、パラディンハンターは黒い瘴気を生み出しながら、ゆっくりと消えていった。

パラディンハンターの消滅に合わせ、それまで周囲で暴れていた魔物たちの姿も消えていく。

周囲は静寂に包まれていく。だというのに、俺は自分の荒い心臓の音に驚いていた。

まるで耳元に心臓を置かれたかのように早鐘を打っている。

原因は、分かっている。

ドクドクと溢れる出血だ。……戦闘が終わった瞬間、先ほど受け入れたはずの痛みがもう俺の体へと牙をむき始めた。

「……レイス！」

駆け寄ってきていたリームが俺の体を抱きかかえ、涙を流していた。

抱き留めてくれたリームを見た瞬間、緊張の糸も切れてしまったようで、俺はゆっくりと目を閉じた。

エピローグ

目を覚ました俺がいたのは、見知らぬ場所だった。

……この世界に転生して初めての時にも思ったことだが、ここはどこだ？

周囲へ視線を向けてみるが、見慣れぬ大きく、豪華な部屋。

自分が寝かされているベッドも豪華なものだし、部屋にある品々全てが恐らく高級品。

我が家もかなり金をかけた部屋はあるのだが、ここまでのものは恐らく父か母の部屋くらいのものだ。

冷静に状況を観察していると、部屋がノックされる。

……誰だろうか？　返事をするよりも先に扉が開くと、メイド服の使用人が目を見開いていた。

……見たことのない人だ。屋敷の人じゃない。

慌てた様子で使用人が廊下へと出ていってしまい、事情を聞くこともできずにいると、やがて駆け足気味の足音が戻ってくる。

「レイス！」

真っ先に姿を見せたのは、リームだった。遅れて、フィーリア様の姿も見えた。

リームが真っ先にこちらへやってくると、ぎゅっと抱きついてくる。

「よかった……目を覚まして……」

……どうやらかなり心配させてしまったようだ。

涙を浮かべるリームの頭を撫でると、鼻をぐいぐいと押し付けられる。

相当、心配していたんだろう。今は、何も食べてないな。

……まあ、心配しているのか俺の匂いを堪能しているのか分からないけど。

「フィーリア様。ここはどこでしょうか？」

「王城ですわ」

「……そうなんですね。ヴァリドールは……大丈夫ですか？」

戦闘の後から記憶がなかったので、フィーリア様に問いかける。

「……ええ、あなたの活躍のおかげで、無事守り切れましたよ」

それなら……よかったぁ。

とりあえず、これで五体満足でゲーム本編を迎えられるだろう。

安堵するように息を吐いていると、フィーリア様が申し訳なさそうな表情になる。

「それで起きたばかりで悪いのですが、レイスに私の父から話がありますの」

「え……？」

フィーリア様の父、となると……それはつまりこの国の王というわけだ。

さすがに、寝起きにいきなり会うには心の準備ができていなかった。

「それはどのような用件なのでしょうか？」

「行けば、分かります。あちらには、あなたの家族たちも待たせていますので、行きましょうか」

……フィーリア様の厳しい口調に、俺はいよいよかと思う。

今回、フィーリア様が死ぬようなことはなかったが、フィーリア様を放置し、ヴァリドールから逃亡した家族たちには何かしらの処罰はあるだろう。

……その結果が、どのようなものになるのか。

ゲーム本編であれば、俺含め家族の全員が爵位を継承する権利を失い、平民に落とされていた。

どこまで、未来は変化したのか。

俺はベッドに二度寝したい気持ちを抑えて立ち上がり、リームも俺の後をついてくる。

フィーリア様の後をついていき、案内された場所は謁見の間のような場所だ。

ここは、ゲームで見たことのある場所だな。確か、主人公が活躍した場合はここで爵位の授与などが行われるんだったか。

そうして、領地を手に入れると拠点の開発をしていくんだよな。

俺たちが到着すると、家族たちの怯(おび)えたような視線がこちらを向いた。

皆、顔色が悪い。フィーリア様を見る彼らの目は、完全に怒られるのを恐れる子どものようだった。

……ここで、ゲーム通りにヴァリドー家は爵位を剝奪(はくだつ)されるのだろう。

そんな事を考えていると、謁見の間の壁際にいた貴族や兵士たちがぴしっと背筋を伸ばす。

場の空気ががらりと変わった。

少しして、皆が頭を下げ始めると、入り口の扉がゆっくりと開いていく。

……恐らく、王がやってきたのだろう。

俺とリームもすぐに頭を下げると、足音がゆっくりと響いてくる。

俺たちの横を抜けるように歩いていく彼に、こっそりと視線だけ向けてみる。

……やはり、ゲーム通りの王がそこにはいた。

王が玉座に座ると、皆がその空気を察してか頭を上げる。

俺もそれに合わせて顔を上げる。家族たちも、怯えながらも同じように動いていたようだ。

王は威圧感のある瞳を、父へと向けた。

「ルーブル。今回の一件、お前の領地での振る舞いは全て娘から聞いている」

王の冷静ながらも鋭い声が響き、父が肩を跳ね上げる。

「そ、それは作戦でした！」

「作戦？」

「敵を騙(だま)すには、まずは味方から……と言いますでしょう……？　実は、あの後、援護のためにに戻る予定、だったのです……」

父が笑顔で、王に嘘(うそ)をつく。

ある意味、凄(すご)い胆力だったが、王の表情は冷めたものだった。

「黙れ。お前は……昔はそんなふうではなかっただろう。なぜ、そんなにだらしなくなってしまったんだ」

王は、心の底から残念そうに声を上げる。

……昔の父はゲームでも特に語られなかったが、立派だったのかもしれない。

もしもそうだとしたら、ここまで堕落してしまっている友人を見たら、俺もがっかりしてしまうかもしれない。

「言い訳はもう聞きたくはない。今回の一件で、よく分かった。お前たちにあの領地を任せていたら国の大損害となる」

……やはり、ここで爵位を失うのか。

まあ、仕方ないよな。あんな体たらくだったんだから。

こうなると、リームともお別れだ。イナーシアは一緒についてきたいと言っていたが、どうするか？

「ま、まさか爵位を……っ」

「ああ。剝奪だ。お前たちは、今日を以て貴族ではなくなる。これからは、自由に生きればいい」

王が冷たく言い放つと、父は涙を流しながら縋り付くように近づいていく。

しかし、王を警護する兵士たちがその道を塞ぐ。

「王！　ご乱心を！　考え直してください！　こ、これから頑張りますから！」

「黙れ。……さて、次の話だ。レイス・ヴァリドー」

王が俺の名前を呼び、その場の全員の視線が俺へと集まる。

父たちの俺を恨むような視線。兄が声を荒らげ叫ぶ。

「貴様が……貴様のせいで、オレたちが悪者にされたんだぞ!?」

「ふざけるなよ！　オレたちの生活を邪魔しやがって！」

……ええ。兄たちの暴論に、俺は呆然（ぼうぜん）とするしかない。

王が玉座を離れ、こちらへと歩いてくる。彼は一度、兄たちを睨（にら）みつける。

「貴様ら、レイスはヴァリドー家の跡継ぎだ。その者に対して、そんな態度をとってもいいのか？」

「へ？」

へ？

兄たちの疑問の声に合わせ、俺も同じような気持ちになる。

王は俺の前にたち、それから微笑を浮かべた。

「フィーリアから、お前の活躍は聞いた。その若さにして、『悪逆の森』の魔物たちを一人で討伐できるだけの力……見事だ。そして、お前は唯一生き残ったヴァリドー家の者でもある。……ヴァリドー家を継いでくれないか？」

……ああ、そういう事。

四人はもう王の中では死んだことになってるのね。

そして、俺に後を継がせる、と。

フィーリア様が、俺を優遇してくれたゆえの褒美という意味合いもあるのかもしれない。

視線を向けると、彼女は嬉しそうに目を細めているしな。

正直言って、まったく想定していなかったのでどうするか考える。

ただ……これは分かりやすい、未来を変えたという証拠にもなる。

「……分かりました。引き受けます」

「おお、そうか！　頼んだぞ、レイス！」

王はにこっと微笑むと、俺の背中をバンバンと叩いてくる。

「な、なぜ……っ」

ちらと視線を向けると、家族たちが絶望的な表情でこちらを見ていた。

……まさか、こんな事になるなんてな。

これで、ひとまず俺の未来の一つは変わった。

……想定よりも、大きく、な。

そのことを喜んでいると、王がさらに俺へと視線を向けてきた。

「ところで、レイスよ。そなたの領内には、リョウという冒険者がいるだろう？」

ギクリ、と心臓の音が鳴り響きそうになる。

「いますが……どうしたのでしょうか？」

「今回の戦いでも、リョウという冒険者が活躍していたのだろう？　その者にも褒美を与えたいのだが、詳しいことは知らないか？」

……恐らくだが、冒険者たちからそんな話でも上がったのではないだろうか。

あの戦場で俺が使っていた空間魔法とリョウが使っていた空間魔法は、色こそ違うが同一のものと判断してしまっている人もいたはずだ。

レイスが使ったのではなく、リョウがレイスを援護した、と考えていた冒険者もいるわけで、後は聞き取り調査でもすればすぐにその冒険者の名前に辿り着けるだろう。

……別に隠すものでもないが、今明かしてしまうと俺への注目が余計に集まる。

第一、この王は恐らく褒美を与えるという話ではあるが、力ある冒険者と関係を持ちたいという下心もあるはずだ。

あまり、リョウとしては深く関わらない方がいいだろう。

「そ、それは……何度か会ったことはありますが、彼自身自由な人間ですので……詳しくは、私も知らないのです」

「そうか。それは残念だ」

王は小さく息を吐き、そこで諦めてくれた。

……一件落着だ。

ただ……今後どうしようか。

事情を知っていたリームだけが、くすくすと笑っていたのは気のせいではないだろう。

王城でのやり取りを終えたあと。俺はまだ怪我が完全に癒えてはいないということで、すぐにヴァリドールへと帰ることができた。

リームと共に屋敷へと戻り、事の顛末を皆に伝えると……それはもうえらく盛り上がってしまった。

……皆、どんだけ俺の家族たちが嫌だったんだか。

ひとまず、これで屋敷内の人たちはいいとして……今後は、領主として領内の人々の好感度も稼いでいかないといけなくなるな。

屋敷への報告を終えた俺は……一度、リョウとしてギルドに向かう。

……戦闘の後からずっとリョウとして行動していなかったわけで、このままではギルドの人たちやイナーシアたちを心配させてしまうだろう。

ギルドに着いた俺に、すぐにギルドリーダーが声をかけてきた。

「リョウ！　良かった、無事だったか！」

「……ああ、まあな。激しい戦いだったな」

「そうだ……まさか、レイス様があれほど戦えるなんてなぁ」

「……そうだな。最近、力をつけているとは聞いていたが……あそこまで戦えるようになっていたとは驚きだな」

「そうだな。まあ、レイス様についてはいいんだ。とにかく、お前が来てくれてよかった。

最近、イナーシアが大変でな……」

「……イナーシアが？」

「ああ。……お兄ちゃんがいない！　って壊れたように叫んでいてな……お前の事だろう？」

もうそれはぶっ壊れているのではないだろうか。

そうは思ったが、口には出さなかった。

「一応、イナーシアに会いに来たんだが……どこにいるか知らないか？」

「最近はギルドに滞在してお前のことを捜していたから……そのうち来ると思うが」

そう思っていた時だった。

「……お、お兄ちゃん？」

可愛（かわい）らしい声が聞こえ、俺は振り返る。

そこにはイナーシアと、同行するようにヴィリアスが立っていた。

イナーシアは少し汗ばんだ額に髪が張り付いている。俺を見た瞬間、彼女は一気に床を蹴りつけ、こちらへと向かってくる。

「お兄ちゃん！　どこ行ってたのよ馬鹿！　心配したのよ！」

……傍（はた）から見たら、生き別れの兄妹が感動の再会を果たしたように見えるのではないだろうか？

蓋を開ければ、とてもとてもおかしな状況なんだけども。

とはいえ、イナーシアが俺のことを心配していたのは確かだ。

「本当に……無事でよかった……お兄ちゃん……」

その言葉が胸に響いてくる。

ぎゅっと俺の体を抱きしめてきたイナーシアを、そっと抱き返しておいた。

「心配かけたのは、悪かったな……」

あくまで、心配をかけたことは、な。大声でのお兄ちゃん呼びは許してないからな？　そういう意味を込めての言葉だったが、イナーシアは気にした様子もなく俺を抱きしめてくる。

そっと、俺の隣にやってきたヴィリアスが、言葉を続ける。

「……最近、毎日外に連れ出されて、大変だった」

「……イナーシアに付き合ってたのか？」

「うん。この前の戦いで、武器の準備もたくさんした。私の苦労を労ってほしい」

「……ヴィリアスも、色々と頑張ってくれたみたいで、ありがとな」

「足りない」

「…………偉い偉い。凄かったぞ、ヴィリアス」

「……及第点」

ヴィリアスがもっと褒めろ、とばかりに見てくる。感謝の気持ちはもちろんあるし、これでもかなり褒めているのだが……彼女が喜ぶ言葉はそれ以上は思い浮かばない。

「とりあえず、俺はまだ少しやることがあってな。今日は二人の顔が見られて良かったよ」

「そういえば、あんたってどこに住んでるのよ？　こういう時、会いに行けなくて困ってたのよ？」

「……それはまあ、また今度、話すな」

レイスとリョウについて。……二人なら、話してもいいだろうか？

そんな考えが少しだけよぎったが……二人はレイスのことをそこまでいい人だとは思っていないだろう。

俺は空間魔法を発動した。

……ひとまず、ギルドを含めて特に大きな問題がなさそうなことを確認した俺は、自分の部屋へと戻った。

もう家族は家にいないわけで、部屋は自由に使えるのだが……今はまだ、ここが落ち着くんだよな。

ようやく、これですべてが終わり、自分が無事であることを確認しながら俺が部屋で少しの間くつろいでいると、

「レイス……今いいかしら？」

「どうした？」

「……その、おめでとうございます」

「ああ、ありがとう」

リームが少しだけ悲しそうに目を伏せた。

彼女がそんな複雑な表情を浮かべることは、これまでになかった。そして彼女は、決意

したかのような様子で、口を開いた。

「……その、レイス。私から、一つお話があるわ」

「なんだ？」

「私とあなたの婚約者の関係について、よ」

そういえば、ゲームでは俺とリームの関係は、家が爵位を取り上げられたタイミングでなくなるんだったよな。

今は継続中。どうなるのだろうか。

俺が先を促すように視線をやると、リームはすっと言葉を続ける。

「私とレイスの関係は……ルーブル……あなたの父と私の父との話で決まっていたわ。……それは、レイスが三男という立場だったからこその関係でもあるわよね？」

「そうだな」

俺がリームと許嫁になったのは、家族たちの嫌がらせの部分が大きい。

本来なら、子爵家のリームが侯爵家の三男と関係ができることはよほど気に入られないと難しい。

まあ、リームの容姿なら他の家の男にも声をかけられる可能性は十分にあるが。

「ですので、私のこれからについてですが――」

リームがどうして先ほどのような表情を浮かべていたのかが分かった。

「これからもよろしく頼む」

だから、その不安を拭い去るように俺から言葉を続けた。

「え？」

……リームがいたからこそ、俺はここまで戦えた部分もある。

彼女に色々なことを相談できたからこそ、今の俺がいる。

……婚約関係をなくせば、ゲーム本編にリームが自然な形で合流することも可能かもしれない。

だが……それは別にもういい。

破滅の未来を回避できたように、俺が俺の力でもってゲーム本編を完璧なエンディングに導けばいいだけだ。

「俺としてはこれからもリームと一緒にいたいと思っていたんだけど、リームはどうだ？」

俺の返事に、リームは驚いたように目を見開いたあと、笑みを浮かべた。

「……もちろん、私も一緒にいたいわ」

「それならよかったよ。これからも頼むな」

「ええ、よろしくお願いします」

リームと握手をかわしながら、脳内で考えていたのは……今後どうするかだ。

ゲーム本編にリームの関わりが減ってしまい、何かしらの悪影響が出ないとも限らないが……難しいことはまた後で考えようか。

あとがき

この度は、拙作『極悪非道な性癖貴族が努力したら誠実ハーレムつくれました』を手に取っていただき、誠にありがとうございます！　作者の木嶋隆太と申します。ここまで読んでくださったこと、本当に嬉しいです。あとがきでは、この物語の裏話や制作秘話を少しお話しさせてください。

今回の作品は、ゲームの中の悪役キャラクターに転生してしまい、逆境に立たされた主人公が、持ち前のゲーム知識で数々の困難を乗り越え、運命に抗おうとする……そんな姿を書きたくて作りました。ぶっちゃけると、先に書きたいと思ったのは匂いフェチのヒロインで、気づいたらこんな感じになってました。はい。一体何がどうしてこうなったのかは当時の自分に聞いてみないと……いや、聞いてみても分からないかもしれません。

主な内容としましては先ほどのような感じになります。転生したことに気づいた前と後が原因で、許嫁との複雑な関係が……さらに複雑な関係へと変化していくのを楽しんでいただければと思います。

許嫁のヒロインだけではなく、他にも私なりに魅力的と思えるヒロインがたくさん登場しますので、読んでいる皆さんにもぜひ楽しんで頂ければと思います。

最後に謝辞を。

編集様には、タイトル案含め、色々とお世話になりました。ありがとうございます。

また、素晴らしいイラストを手がけてくださったふつー様のおかげで、物語に色彩が加わり、キャラクターたちがより一層生き生きとした存在になりました！　ふつー様のイラストを見たとき、あまりの可愛さ、かっこよさに感動したのを覚えています。自分のキャラクターたちが、こうして形になり、さらに魅力的になっていくのを目の当たりにするのは、作家として本当に幸せな瞬間です。

そして、物語をここまで形にすることができたのは、ウェブの時から読んでくださっていた読者の皆様のおかげです。本当にありがとうございます。皆様の応援がなければ、ここまでこの物語を育て上げることはできなかったでしょう。

最後になりますが、この作品を手に取ってくださった全ての皆様に、改めて心からの感謝を申し上げます。これからも応援していただければ幸いです。

それでは。

極悪非道な性癖貴族が努力したら誠実ハーレムつくれました

著	木嶋隆太
	角川スニーカー文庫　24437 2024年12月１日　初版発行
発行者	山下直久
発　行	株式会社KADOKAWA 〒102-8177 東京都千代田区富士見2-13-3 電話　0570-002-301（ナビダイヤル）
印刷所	株式会社暁印刷
製本所	本間製本株式会社

●お問い合わせ
https://www.kadokawa.co.jp/（「お問い合わせ」へお進みください）
※内容によっては、お答えできない場合があります。
※サポートは日本国内のみとさせていただきます。
※Japanese text only

Printed in Japan　ISBN 978-4-04-115630-8　C0193

★ご意見、ご感想をお送りください★
〒102-8177 東京都千代田区富士見 2-13-3
株式会社KADOKAWA　角川スニーカー文庫編集部気付
「木嶋隆太」先生「ふつー」先生

本書は、カクヨムに掲載の「ゲームの悪役キャラに転生した俺が、裏でこっそり英雄ムーブで楽しんでたら、俺のことが大嫌いな許嫁にバレてしまった」を改題、加筆修正したものです。

角川文庫発刊に際して

角川源義

第二次世界大戦の敗北は、軍事力の敗北であった以上に、私たちの若い文化力の敗退であった。私たちの文化が戦争に対して如何に無力であり、単なるあだ花に過ぎなかったかを、私たちは身を以て体験し痛感した。西洋近代文化の摂取にとって、明治以後八十年の歳月は決して短かすぎたとは言えない。にもかかわらず、近代文化の伝統を確立し、自由な批判と柔軟な良識に富む文化層として自らを形成することに私たちは失敗して来た。そしてこれは、各層への文化の普及滲透を任務とする出版人の責任でもあった。

一九四五年以来、私たちは再び振出しに戻り、第一歩から踏み出すことを余儀なくされた。これは大きな不幸ではあるが、反面、これまでの混沌・未熟・歪曲の中にあった我が国の文化に秩序と確たる基礎を齎らすためには絶好の機会でもある。角川書店は、このような祖国の文化的危機にあたり、微力をも顧みず再建の礎石たるべき抱負と決意とをもって出発したが、ここに創立以来の念願を果すべく角川文庫を発刊する。これまで刊行されたあらゆる全集叢書文庫類の長所と短所とを検討し、古今東西の不朽の典籍を、良心的編集のもとに、廉価に、そして書架にふさわしい美本として、多くのひとびとに提供しようとする。しかし私たちは徒らに百科全書的な知識のジレッタントを作ることを目的とせず、あくまで祖国の文化に秩序と再建への道を示し、この文庫を角川書店の栄ある事業として、今後永久に継続発展せしめ、学芸と教養との殿堂として大成せんことを期したい。多くの読書子の愛情ある忠言と支持とによって、この希望と抱負とを完遂せしめられんことを願う。

一九四九年五月三日

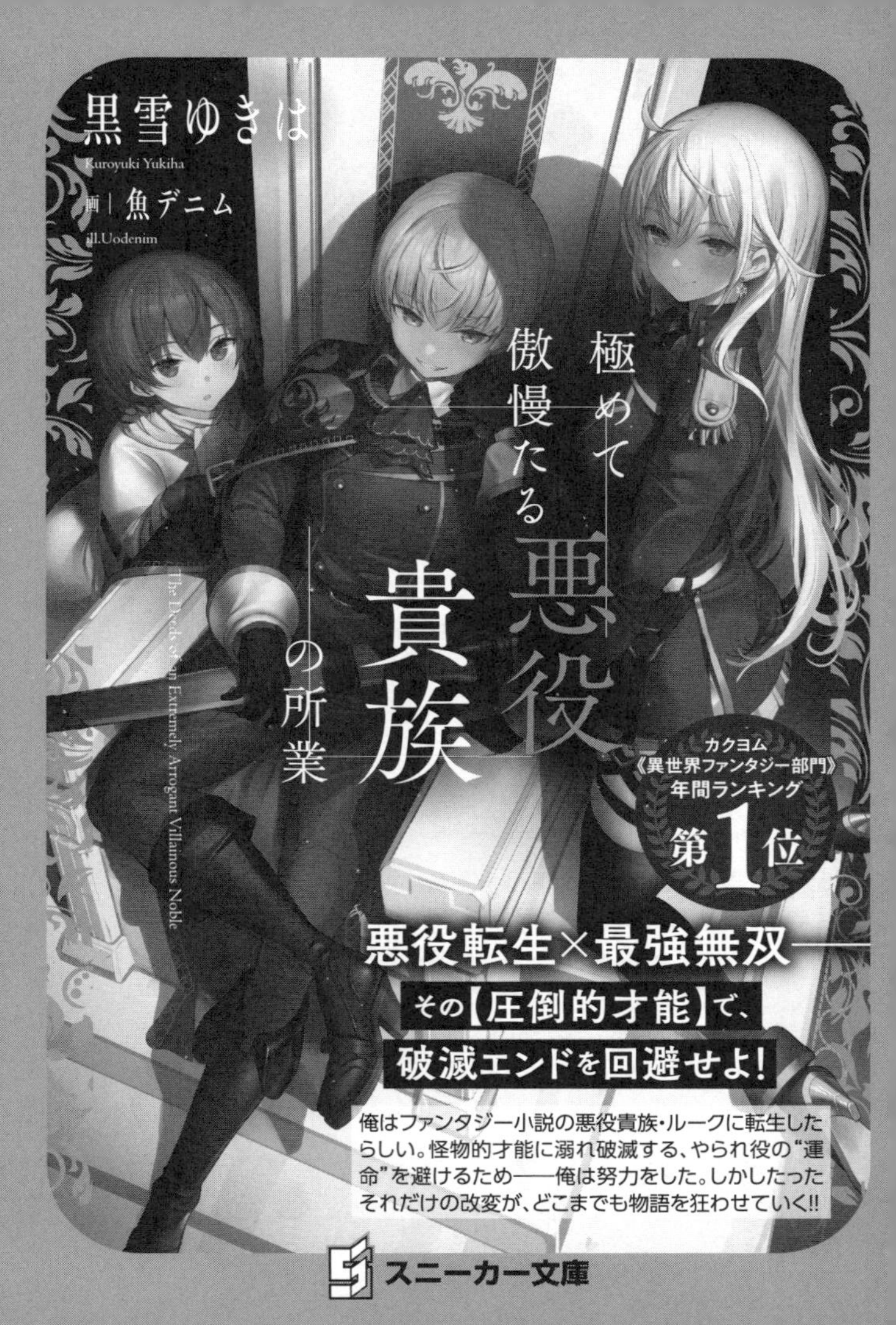
黒雪ゆきは
Kuroyuki Yukiha
画｜魚デニム
ill.Uodenim
極めて傲慢たる悪役貴族の所業
The Deeds of an Extremely Arrogant Villainous Noble
カクヨム
《異世界ファンタジー部門》
年間ランキング
第1位
悪役転生×最強無双――
その【圧倒的才能】で、
破滅エンドを回避せよ!
俺はファンタジー小説の悪役貴族・ルークに転生したらしい。怪物的才能に溺れ破滅する、やられ役の“運命”を避けるため――俺は努力をした。しかしたったそれだけの改変が、どこまでも物語を狂わせていく!!
スニーカー文庫

Kadokawa Sneaker Bunko